Lorimer, Bergmann & Nellson

# Horror from the Deep – Schrecken aus der Tiefe



von Ina May

**Langenscheidt**

Berlin · München · Wien · Zürich
London · Madrid · New York · Warschau

Lektorat: Marion Schweizer
Englischsprachiges Lektorat: Stephen Roche
Umschlaggestaltung: init.büro für gestaltung, Bielefeld

Thanks a million!
John Fewings

Bereits erschienen: Lorimer, Bergmann & Nellson
The Mystery of the Yellow Diamond –
Das Geheimnis des gelben Diamanten

www.langenscheidt.de/boy-zone
www.langenscheidt.de

Umwelthinweis:
gedruckt auf chlorfrei gebleichtem Papier


Satz: Franzis print & media GmbH, München
Druck: Mercedes-Druck, Berlin
Printed in Germany

ISBN 978-3-468-20556-9

10010

# Inhalt

# Ein gruseliger Auftrag

Ben Bergmann rannte und an seinen Fersen hing ein schnaufender Lionel Glover, Hausmeister der Internatsschule Wendlock Hall.

"Mr Bergmann!", japste Glover, aber Ben hatte nicht die Absicht, stehen zu bleiben, jedenfalls nicht freiwillig. Er lief die dunklen Eichenstufen des alten Schlosses hinauf, bis zu dem Gang, an dem die Schlafräume der Schüler lagen. Im Laufen registrierte er aus dem Augenwinkel einen Eimer, allerdings zu spät. Er rutschte aus, schlidderte ein Stück und landete unsanft auf dem Hintern, während der dickliche Lionel Glover gleich nach ihm mit einem satten Rums in voller Länge auf dem Holzboden aufschlug.

**to be in a rush**
es eilig haben

Ben warf einen entschuldigenden Blick zurück – und hätte am liebsten laut losgebrüllt vor Lachen. Das Toupet des Hausmeisters hatte sich im Sturz aufgestellt, jetzt sah Mr Glover aus wie ein Kakadu mit gesträubter Federhaube.

"I'm sorry, I ... **was in a rush**", entschuldigte sich Ben und versuchte dabei möglichst an dem Hausmeister vorbeizuschauen. "Are you alright?"

Sein schlechtes Gewissen meldete sich, denn Mr Glover nervte ihn seit Wochen und er hatte ihn immer auf Distanz gehalten. Der Hausmeister wollte doch tatsächlich ein Autogramm von Lorimer, Bergmann & Nellson – für seine Frau. Ben war das echt peinlich.

Darren, Goldwin und er waren schließlich keine Superstars. Zwar schon irgendwie berühmt, aber nicht so. Längst wusste die ganze Schule von ihrem Erfolg. Die drei Freunde hatten während der Herbstferien das Geheimnis des gelben Diamanten gelüftet und waren auf Caedmon Castle, dem Familiensitz der Nellsons, einem Geist begegnet. Ein aufregendes Abenteuer, über das Pressevertreter im ganzen Königreich begeistert berichtet hatten. Auch Ben, the Pen, wie er als Chefredakteur der Schülerzeitung genannt wurde, hatte einen Artikel über ihre Erlebnisse im Schloss verfasst. Den Lehrern am Internat gefiel dieser Presserummel überhaupt nicht, nur Mr Glover und unglücklicherweise auch Mrs Glover waren restlos begeistert.



Ben hievte sich aus dem Nass und zog eine Grimasse. Mist! Seine Hose fühlte sich an, als wäre ihm ein Malheur passiert.

**addressed** adressiert
**detective agency** Detektei

Inzwischen waren sämtliche Zimmertüren aufgegangen und einige von Bens Mitschülern linsten neugierig auf den Gang. Mr Glovers laute Rufe im Treppenhaus waren weithin zu hören gewesen und erst recht der doppelte Sturz und das Umkippen des Blecheimers.

"Mr Bergmann, here's a letter **addressed** to your **detective agency**", ächzte jetzt der Hausmeister und wedelte mit einem weißen Kuvert.

Es war noch immer ein bisschen ungewohnt, aber es klang super, fand Ben: ihre eigene Detektei, *Lorimer, Bergmann & Nellson*, die erste Mystery-Detektei der britischen Inseln. Und es gab schon einige Anfragen

von Leuten, die in ihren Häusern ein Spukproblem hatten.
"Oh", machte Ben freudig überrascht, schnappte sich den Brief, half Mr Glover auf und rannte weiter.
"Um, Mr Bergmann ...", tönte die Stimme des Hausmeisters hinter ihm her. Nein, bloß nicht. Ben beschleunigte. Hinter sich vernahm er verstohlenes Gekicher und Getuschel über Mr Glovers neue Frisur.

**We'd better ...** Wir sollten lieber ...
**exhausting** anstrengend
**to be after sb** hinter jdm her sein

Ben brauchte die Zimmertür nicht erst aufzureißen, denn Darren Lorimer und Goldwin Nellson standen bereits erwartungsvoll davor.
"Mr Bergmann, what have you done?", fragte Goldwin grinsend.
"Nothing. **We'd better** give Mr Glover the autograph", erklärte Ben ernsthaft und hielt in einer Geste der Kapitulation beide Hände hoch. Wieso war eigentlich immer er derjenige, den der Hausmeister irgendwo abpasste?
Darren lachte. "Wow, being famous is pretty **exhausting**."
Ben kommentierte es mit einem Seufzer.
"He **was**n't **after me** for the autographs this time." Er wedelte mit dem Brief herum, wie kurz zuvor Mr Glover. Ben hatte nur ganz kurz auf den Absender geschaut und *Cornwall* gelesen. Bevor Darren oder Goldwin fragen konnten, was sich darin verbarg, nahm er den Onyx-Brieföffner, ein Geschenk seines Vaters, vom Schreibtisch und schlitzte das Kuvert auf.
"Wait." Darren machte eine bedeutungsvolle Geste

und öffnete dann die Zimmertür einen winzigen Spalt. Im Gang wurde der Hausmeister gerade lautstark bemitleidet. Nachdem sich Darren vergewissert hatte, dass niemand lauschte, bekam Ben grünes Licht.

"Okay, listen", sagte Ben, um sich gleich wieder zu unterbrechen: "No, wait a moment."

Darren und Goldwin schauten ihn fragend an und Ben deutete auf seine Hose. "I have to put some other clothes on." Die nasse Hose war echt unangenehm.

"Exhausting", nannte es Darren und nickte bekräftigend.

Ben beeilte sich mit dem Umziehen, um den Kommentaren der beiden zu entgehen. Er dachte daran, dass es Mr Glover gewiss nicht viel besser erging, eher schlimmer. Der Hausmeister war bei den Schülern nicht sonderlich beliebt.

Nach Bens erfolgreicher Trockenlegung vereinnahmten die Freunde kurzerhand sein Bett. Endlich konnte es losgehen.

*"Dear Lorimer, Bergmann & Nellson"*, betonte Ben die Anrede, nicht ohne Stolz.

*"... **according to** what I've heard and read about your detective agency, you certainly won't find my letter and my request too strange. Allow me to **introduce myself**. My name is Fay Palmer. I **run** a small hotel, Villebroke House, in Newquay on the **Cornish** coast. **Mysterious** things have been happening in Villebroke House **for some time**. **Ghostly** lights **hover** above the sea, and in the house the lamps*

**according to** nach dem
**to introduce oneself** sich vorstellen
**to run** betreiben
**Cornish** kornisch
**mysterious** rätselhaft
**for some time** seit einiger Zeit
**ghostly** gespenstisch
**to hover** schweben

*turn themselves on and off. There are wet* ***spots*** *in the* ***corridors*** *and on the floors, as if someone* ***had spilled*** *something. I'm seriously worried, and of course my guests don't see the funny side. I* ***owe*** *them an explanation but* ***unfortunately*** *I haven't even got one for myself.*"

**spot** Stelle
**corridor** Flur
**to spill** verschütten
**to owe sb sth** jdm etw schulden
**unfortunately** leider
**to come back to life** ins Leben zurückkehren
**to be in urgent need of sth** dringend etw brauchen
**creepy** gruselig
**haunted house** Spukhaus

Bis dahin klang es gar nicht so dramatisch, aber dann …

"*Sometimes the dead* ***come back to life****. I'm afraid for the hotel and for myself. We* ***are in urgent need of help****!*"

Ben sah auf. *The dead come back to life.* Der Satz verfehlte seine Wirkung nicht. Im ersten Moment sagte niemand etwas. Die Freunde sahen sich nur stumm an.

"This sounds really **creepy**." Darren verzog das Gesicht, aber der gruselte sich schon bei einem klappernden Fensterladen.

"What? You don't say?!" Ben versuchte seinen Eindruck zu überspielen, dass es sich *wirklich* unheimlich anhörte. Stattdessen meinte er: "Guys, we wanted to help out with **haunted houses**, didn't we?"

"And we decided to do it together", schaltete sich nun auch Goldwin ein.

"Of course", gab Darren zu. "But still I find it creepy."

Ben konnte sich ein Stöhnen nicht verkneifen. Das Detektivdasein ging ja schon ganz toll los. Er versuchte, Darren ein bisschen auf Cornwall einzustimmen, und erinnerte ihn an King Arthur.

"That **stretch of coast** is full of legends! Just think of the **castle ruins** at Tintangel. Some people are **convinced** that Tintangel is actually King Arthur's Camelot, even though **historians** have **disproved** that theory. **Too bad!** But Merlin the magician still seems to **live on**."

"What exactly do you mean?", wollte Darren wissen.

Ben sah ihn von der Seite her an. Hatte er wirklich Angst oder tat er nur so?

"Come on, Darren! The magician is a legend, but maybe you'll meet him in your dreams."

"Someone like him has no place in my dreams", wehrte Darren ab. "This time I'm prepared."

Ben kniff die Augen zusammen. Was das zu bedeuten hatte, wollte er sich lieber nicht ausmalen. Bei ihrem letzten Fall war Darren in Ermangelung wirksamerer Mittel mit einem riesigen Kreuz gegen den Schlossgeist von Caedmon Castle vorgegangen. Allerdings, das musste er einräumen, konnten sie zu dem Zeitpunkt noch nicht wissen, dass Sir Frederick zu einer eher gutmütigen Geistersorte gehörte.

**stretch of coast** Küstenabschnitt
**castle ruins** Schlossruine
**convinced** überzeugt
**historian** Historiker(in)
**to disprove** widerlegen
**Too bad!** Schade!
**to live on** weiterleben

"I'd like a bit of adventure", bot Goldwin seine Unterstützung an und Ben malte Darren die Annehmlichkeiten einer Reise an die Südküste in den schönsten Farben aus.

"We all get our own rooms and we can eat and drink whatever we like, and as much as we like. It will be perfect. Just imagine."

"Sure – exciting legends, good food and perhaps a crazy ghost again. All that Ben needs", sagte Darren.

"Okay, I **give in**. Let's do it. I'm sure I'll **survive**."

**to give in** aufgeben
**to survive** überleben
**to get a move on** sich beeilen
**to be about to begin** gleich anfangen

Für Ben konnten die letzten zwei Schulwochen nicht schnell genug vergehen. Ein neues Spuk-Abenteuer wartete auf das Trio, und auch wenn Darren noch mindestens dreimal angekommen war, um seine Bedenken anzumelden, so war es doch bei dem gemeinsamen Beschluss geblieben, dass sie in den Ferien den Irrlichtern und geheimnisvollen Pfützen in Villebroke House auf den Grund gehen würden.



Während die anderen Schüler nach und nach ihre Heimreise antraten, machten sich Ben, Darren und Goldwin bereit zum Aufbruch in das Spukhotel.

Mit Mrs Palmer war vereinbart, dass sie ihnen einen Fahrer schickte, der sie mit dem Wagen abholen und zum Villebroke House bringen würde. Zwar gab es auch eine Zugverbindung nach Newquay, aber so war es natürlich wesentlich angenehmer. Dachte Ben jedenfalls.

Wendlook Hall, das alte Internatsschloss, leerte sich allmählich. Nur diejenigen, deren Eltern im Ausland lebten, blieben auch während der Ferien im Internat.

"Then we'd better **get a move on**, because our adventure holiday **is about to begin**", sagte Ben und hoffte, auf dem Weg nach unten nicht Mr Glover zu begegnen.

Die drei hatten ihr Gepäck gerade in die Halle geschafft, als der Kies in der Auffahrt des Schlosses nach allen Richtungen aufspritzte und ein klappriger Jeep genau vor dem Haupteingang zum Stehen kam. Die Wagentür wurde von einem Mann geöffnet, der so gar nicht zu der rasanten Fahrweise passen wollte. Nach den Falten in seinem wettergegerbten Gesicht zu urteilen, musste er mindestens siebzig sein.
"Is this a joke?" Goldwin deutete mit ausgestrecktem Zeigefinger fragend auf Gefährt und Fahrer.
"I don't think so", murmelte Ben, gleichfalls wenig begeistert.



"I'd be happy to go by train", meinte Darren murrend.
Der Mann stellte sich als Mr Riley vor. "Fay Palmer asked me to come and fetch you. You're from that mystery detective agency, aren't you? Lorimer, Bergmann and … oh, what's the name of that admiral? Ah, yes, Nelson." Er grinste abschätzig und knurrte dazu: "**Hunters** of lost souls!"
"Great", flüsterte Darren angesäuert.
Nachdem Mr Riley ihre Taschen verstaut hatte, deutete er auf den Fond des Geländewagens. "I bought some **plants**. So you guys can sit on the back seat. I guess you'll fit, you're all **pretty skinny**."
Ben und Goldwin nahmen Darren in die Mitte. Die drei quetschten sich Schulter an Schulter auf die Rückbank des Jeeps.

**hunter** Jäger(in)
**plant** Pflanze
**pretty** ziemlich
**skinny** mager

Mr Riley ließ den Motor an, warf einen Blick in den Rückspiegel und stutzte. "I think there's somebody who wants to talk to you." Er gluckste amüsiert.

Ben drehte den Kopf. Mr Glover hatte den Jeep schon fast erreicht, er winkte hektisch, wie eine Marionette, deren Fäden sich verheddert hatten.

**to get into trouble** Ärger bekommen

"Oh, please drive!", rief Ben Mr Riley zu. "It's not that important."

Goldwin warf seinerseits einen Blick zurück und nickte zur Bestätigung.

Darren winkte rückwärts zum Fenster hinaus. "Bye."

"Alright. You are the ones who'll **get into trouble** ...", befand Mr Riley, legte den Gang ein und ruckelte aus der Einfahrt.

Ben stieß erleichtert den Atem aus. Den Hausmeister waren sie für die nächsten Wochen jedenfalls los.

Der Jeep schien wirklich keine Unebenheit in der Straße auszulassen, sodass sie auf der Rückbank heftig durchgeschüttelt wurden. Und dann waren da auch noch die Pflanzen. Was auch immer es war, die Gewächse beschränkten sich nicht auf den vorderen Teil des Fonds. Ihre ausladenden Stängel und Blätter ragten über den Sitz nach hinten und nahmen Ben jede Sicht.

Goldwin zupfte an einem Farn herum, der ihn in der Nase kitzelte, und Darren versank, so tief es nur ging, in den unbequemen Sitzen des Jeeps. Er hielt sich an seinem Rucksack fest, als hinge sein Überleben davon ab.

"How much food did you bring with you?" Ben deutete vielsagend auf das Gepäckstück.

Darren litt an Diabetes. Er musste sich regelmäßig Insulin spritzen und für Notfälle hatte er zudem immer etwas zu essen dabei.

"I only have a few chocolate bars in my bag. But **then again**, you're the one with the huge appetite", verteidigte sich Darren.
Ben knuffte den Freund in die Seite.
Goldwin klopfte auf den Rucksack und gab sich erstaunt: "Books maybe?" Er zwinkerte Ben zu.
Darren war keiner, der gerne las. Eigentlich las er außerhalb des Unterrichts überhaupt nicht.
"Books? **Hardly**", sagte er. "Too much information for me. After reading books you end up asking questions that you didn't want the answers to in the first place."
"Some answers might well be useful", widersprach Ben. Zum Beispiel hätte er diesen Mr Riley gern gefragt, was genau Mrs Palmer mit diesem Satz *Sometimes the dead come back to life* gemeint haben könnte. Wäre der Mann freundlicher gewesen, hätte Ben es wahrscheinlich riskiert. Doch Freundlichkeit schien nicht zu Mr Rileys Repertoire zu gehören. Er steuerte den Jeep in Rallye-Manier durch die Kurven. Es schien ihm richtig Spaß zu machen, seine Mitfahrer in Angst und Schrecken zu versetzen.
Darren dagegen machte es garantiert keinen Spaß. Er hatte den Mund zu einem Strich zusammengepresst und starrte konzentriert geradeaus. Jetzt begann es auch noch zu regnen. Dicke Tropfen prasselten auf die Windschutzscheibe, doch ihr Fahrer zeigte sich nicht im Geringsten beeindruckt. Wenn das möglich war, gab er sogar noch mehr Gas.
"Could you please **slow down**, sir?", bat Ben.

**then again** andererseits
**hardly** kaum
**to slow down** langsamer fahren

Die Antwort war ein kehliges Lachen. "I really don't know why Mrs Palmer asked *you* of all people for help." Das klang ganz schön giftig. Ben schüttelte den Kopf, erwiderte aber nichts. In Mr Rileys Augen waren sie wahrscheinlich viel zu jung und nicht seriös genug, um irgendjemandem helfen zu können. Drei Schuljungen, die auf Abenteuer aus waren.

**awful** furchtbar
**garlic** Knoblauch
**nasty** widerlich

Goldwin flüsterte: "Let's hope we get there pretty soon!"
Darren kramte in seinem Rucksack und förderte einen Schokoriegel zutage.
"Hey, everything okay?", fragte Ben.
"Hmhm", machte Darren, entfernte das Papier und biss ein Stück ab.
"Man, it smells pretty **awful** in here!" Goldwin rümpfte die Nase und schnüffelte.
Auch Mr Riley fiel der Geruch auf. "Did someone bring **garlic**? That's really **nasty**!"
Ben und Goldwin sahen Darren fragend an, doch der widmete sich hingebungsvoll seinem Schokoriegel und gab vor, absolut gar nichts zu riechen.
Die Gegend und die Regentropfen flogen nur so an ihnen vorbei und die drei Feunde waren froh, als ihr Fahrer endlich "Newquay" ankündigte.
"I was beginning to worry that *we* would soon be part of some legend", schnaufte Goldwin, als der Jeep vor dem Hotel anhielt.
Villebroke House thronte auf einem Hügel inmitten von sattem Grün. Es war ein altes Herrenhaus mit einer breiten, weiß gestrichenen Veranda, großen Fenster-

elementen und einem fantastischen Blick aufs Meer. Alter Baumbestand rahmte das Haus mit den verschiedenen Ebenen von zwei Seiten her ein. Genauso wurde es auch auf der Website beschrieben, und Ben fand, da hatte jemand wirklich nicht zu viel versprochen.

"Come and visit us in Villebroke House Hotel", erinnerte sich auch Goldwin an die Hotelwerbung. "I think I'm going to like it here." Etwas leiser fügte er hinzu: "As long as I don't ever have to get into a car with that person again."

"Well, this has been an **infernal** ride, but I'm more worried about the ghosts." Darren stieg als Letzter aus und schöpfte erst einmal Atem. Ganz allmählich bekamen seine Wangen wieder Farbe.



"To begin with, let's just get there", gab Goldwin zurück.

"Yes, **bring on the night**!", sagte Ben und schnappte sich Darrens Rucksack, bevor der protestieren konnte. "That's really heavy", neckte er ihn. "And it's not because of garlic."

Der Rucksack war wirklich kein Leichtgewicht. Ben überlegte kurz, ob Goldwin mit seiner Vermutung womöglich recht hatte, doch Darren und Bücher? Ben verwarf den Gedanken. Das passte einfach nicht zusammen. Egal. Er würde schon noch herausbekommen, was Darren da alles reingepackt hatte. Obwohl … "Just a moment, did you bring a **crucifix**, **by any chance**?"

**infernal** höllisch
**Bring on the night!** Lass es Nacht werden!
**crucifix** Kruzifix
**by any chance** zufällig

# Villebroke House

Mr Riley hatte seinen klapprigen Jeep geparkt, auf das Haus gedeutet und gemurmelt, er müsse sich jetzt um die Pflanzen kümmern.

Ben reagierte mit einem Schulterzucken. Der Mann hatte sie hergebracht und zu mehr sah er sich offenbar nicht genötigt. Egal, sie brauchten ihn nicht mehr.

Über eine geschwungene, steinerne Freitreppe gelangten sie in den weitläufigen Eingangsbereich des Hotels. Der Fliesenboden war in Schwarzweiß diagonal verlegt und Ben ertappte sich, wie er die schwarzen Fliesen mied, um seine Füße nur auf die weißen zu setzen. Durch eine große, alte Drehtür gelangten Ben, Darren und Goldwin schließlich in die Empfangshalle. Hier waren die Wände in einem frischen Blauton gestrichen. Man bekam den Eindruck, dass jemand versucht hatte, das Meergefühl ins Haus zu holen. Der Empfangstresen war aus Holz und schimmerte in einem rötlich-warmen Ton, daneben stand eine Helmtauchausrüstung auf einem Sockel, wie man sie ganz früher benutzt hatte. Noch mehr Meer. Vielleicht könnte man den Helm ja mal aufsetzen, war Bens erster Gedanke.

"Are you thinking what I'm thinking?", erkundigte sich Goldwin flüsternd.

Die Frage blieb unbeantwortet, denn in diesem Augenblick kam den dreien eine kleine, blonde Frau in einem cremefarbenen Hosenanzug entgegen. Im Gegensatz zu dem muffigen Mr Riley strahlte sie übers ganze Gesicht.

"Lorimer, Bergmann & Nellson – Welcome, Welcome, Welcome!", begrüßte sie jeden von ihnen einzeln mit großer Herzlichkeit und streckte ihnen nacheinander die Hand entgegen.

"Mrs Palmer?", vergewisserte sich Ben.

"That's me. I'm really **glad** you're here!" Sie wirkte ungeheuer erleichtert und Ben hoffte inständig, dass sie dieser netten Frau tatsächlich würden helfen können, was auch immer an diesem Ort vorging.

**glad** froh
**famished** ausgehungert
**chef** Koch (Köchin)
**in the meantime** in der Zwischenzeit
**to freshen up** sich frisch machen
**ungrateful** undankbar

"I do hope that you'll feel at home in our hotel. Did you have a good trip?", erkundigte sich Mrs Palmer.



Sehr freundlich, und das, obwohl sie keine zahlenden Gäste waren. Ben bedankte sich im Namen ihrer Detektei.

"Except ...", begann Darren, doch weiter kam er nicht, weil Ben ihm kräftig auf den Fuß trat.

"Darren means except for the food", beeilte sich Ben zu erklären.

"Of course. You must be **famished**. I'll let our **chef** know. **In the meantime** Linda will show you your rooms, so you can **freshen up**."

Sie nickte einer jungen Frau zu, bevor sie die Küche ansteuerte.

"Are you crazy?", raunte Ben Darren zu. "Let me guess, you were just about to say 'except for the infernal ride with Mr Riley'. That would have been **ungrateful**, so please watch what you say."

"'Except for the weather', that's what I was going to say.

I'm too **polite** to tell the truth!", gab Darren verschnupft zurück.

Goldwin musste lachen.

Sie kamen an einer offenen Schiebetür vorbei, die offenbar in einen Aufenthaltsraum führte. Linda bedeutete ihnen, doch bitte kurz zu warten. "I'll bring the room keys."

In dem Raum hatte sich eine ganze Traube von Gästen versammelt, um eine Angestellte des Hotels mit Beschwerden zu überziehen.

"Something doesn't seem right here", behauptete eine Frau mit ängstlichem Unterton und stützte sich auf den Arm ihrer Begleitung. Einige Gäste standen mit verkniffenen Mienen neben gepackten Koffern und pflichteten ihr bei.



Ben, Darren und Goldwin brauchten nicht mal zu lauschen, das Geschimpfe war nicht zu überhören.

**polite** höflich
**nocturnal programme** Nachtprogramm
**leak** Leck
**electrical problem** Defekt an der Stromleitung
**time and time again** immer wieder
**by itself** von selbst
**to refuse** sich weigern

Ein älterer Herr ereiferte sich mit überschnappender Stimme: "I didn't book your **nocturnal programme** of fun and games!"

"That's right", bestätigte eine vornehm aussehende Dame und schwenkte dazu ihren Regenschirm. "There's always a **leak** somewhere in the house. And you should have told us about the **electrical problems**, too. **Time and time again** the light goes on **by itself** when you don't need it, and **refuses** to come on when you do!"

Das hörte sich ziemlich ernst an, fand

Ben. Darum also hatte Mrs Palmer vorhin so hoffnungsvoll ausgesehen. Die Ärmste!

"I'm an **architect** and, to me, the roof clearly appears to **be leaking**. For days there's been a wet **patch** and yesterday my wife **slipped** on it. She could have fallen down and hurt herself badly!"

"On top of that, there**'s** always someone **creeping** around the place", wusste eine andere Person.

"A ghost?" Die Frage wurde von einer Frau gestellt, der die wasserstoffblonden Haare zu Berge standen, als wäre sie gerade einem Geist begegnet.



"I haven't seen any. But there's this strange **fellow** ..." Der Einwurf kam von einem glatzköpfigen Mann in Bermudashorts.

"We've had enough, we're leaving." Wieder der Architekt. "Of course, we'll pay no more than half of the **bill** for this." Das war eine Feststellung.

Ben fragte sich, ob das mit dem reparaturbedürftigen Dach womöglich stimmte. Geister hinterließen doch keine Wasserpfützen, oder?

**architect** Architekt(in)
**to leak** lecken
**patch** Fleck
**to slip** ausrutschen
**to creep** schleichen
**fellow** Typ
**bill** Rechnung
**to be out of guests** keine Gäste mehr haben

Als Linda mit den Schlüsseln zurückkam, hatten sie bereits einen ersten unguten Eindruck von der Stimmung in Villebroke House bekommen.

"If things stay as they are, the hotel **will** soon **be out of guests**", sagte die junge Frau traurig, die mitbekommen hatte, dass die drei die Diskussion mitverfolgt hatten.

Ben, Darren und Goldwin gingen mit ihren Taschen hinter Linda her, die ihnen voraus in den ersten Stock eilte. Das Angebot eines Hotelbediensteten, ihr Gepäck nach oben zu bringen, hatten sie dankend abgelehnt. Sie wollten die Gastfreundschaft der freundlichen Hausherrin nicht überstrapazieren.

Über die Stufen der ausladenden Treppe aus schwarzem Holz zog sich ein bordeauxfarbener Läufer, der in den Fugen mit glänzenden Messingschienen fixiert war. Auf dem Antrittspfosten saß ein dicker geschnitzter Fisch mit geöffnetem Maul, der die Gäste schon beim Hinaufgehen begrüßte. Die Wände zierten einige Aquarellzeichnungen, Landschaftsbilder aus der Gegend.

Ben hätte sich gern ein bisschen mit Linda unterhalten, aber er wusste nicht, wie er es anstellen sollte, ohne dass es nach Ausfragen aussähe.



Linda zeigte ihnen ihre Zimmer und drückte jedem einen Schlüssel in die Hand. Ben verabredete mit Goldwin und Darren, sich nach der Autofahrt erst mal frisch zu machen, auszupacken und sich anschließend im Speisesaal zu treffen.

Als er sein Zimmer betrat, wehte eine frische Meeresbrise durch ein gekipptes Fenster und blähte die lindgrünen Vorhänge. Das einfallende Licht der gelegentlich zwischen den dunklen Regenwolken hervorblitzenden Sonnenstrahlen wurde von den Glastropfen eines Kronleuchters in sämtlichen Farben des Regenbogens auf die aprikotfarbenen Wände reflektiert.

"Wow!", entfuhr es ihm. Hier konnte man es aushalten. Tiefe, weiche Teppiche bedeckten einen Teil des glänzenden Holzbodens, der unter Bens Schritten ein wenig knarrte. "Etwas für Darren zum Gruseln", dachte er und grinste.

An der hinteren Wand stand ein großes, gemütlich aussehendes Vierpfostenbett, gegenüber ein Fernseher auf einer Kommode. Schräg in einer Ecke ein kleiner schlichter Schreibtisch mit passendem Stuhl und daneben ein großer, antiker Schrank, in den er in wenigen Minuten seine Sachen einräumte.

Dann atmete er tief durch. Ein paar Minuten blieben ihm noch, bevor er nach unten musste. Er wollte sich schon auf das große Bett legen, um sich ein wenig auszuruhen, da fiel sein Blick auf die breite, gepolsterte Fensterbank. Genau das Richtige für eine kurze Pause. Und mit dieser Aussicht brauchte er nicht einmal ein Buch, um sich zu entspannen. Ein orange-gelb-grauer Wolkenhimmel wölbte sich über das aufgewühlte Meer, dessen blaugraue Wellen das Ufer kämmten und einzelne hohe Felsen umspielten, die in der Gezeitenzone aus dem Wasser ragten. Wenn er genau hinsah, konnte Ben sogar die Abdrücke der Wellenbewegungen auf dem Untergrund ausmachen. Er sah den unregelmäßig geformten, von oben beleuchteten Wolken nach und beobachtete die Möwen, die auf den Felsen saßen oder dicht über dem Wasser ihre Kreise zogen und ab und zu schrille Schreie ausstießen, bevor sie sich ins ufernahe Flachwasser stürzten, um Beute zu machen. Schwer vorstellbar, dass es in dieser wildromantischen Naturlandschaft Geister geben sollte.

Ben konnte sich kaum losreißen von diesem Ausblick und dem gemütlichen Fensterplatz. Aber es half nichts. Darren und Goldwin warteten bestimmt schon. Also

schnappte er sich seine Jacke, sperrte von außen sein Zimmer ab und trabte die Treppen hinunter in den Speisesaal, wo die beiden tatsächlich bereits an einem der Tische saßen und ihm mit hungrigen Blicken entgegensahen.
Nach wenigen Minuten servierte der Chefkoch persönlich das Essen. Man sah ihm und den sorgfältig angerichteten Tellern an, dass es ihm Spaß machte, für seine Gäste zu kochen. Es gab gebackenes Hähnchen, Salat und eine süße Nachspeise.
"Our rooms are great", meinte Goldwin und biss in einen Hähnchenschenkel. "Not cheap **at all**." Auch von seinem und Darrens Zimmern aus konnte man auf den Atlantik schauen.
Ben dachte laut darüber nach, wo sie am besten mit ihrer Recherche beginnen sollten. Doch tagsüber würde wohl nicht allzu viel passieren. "The people in the **lounge** were pretty angry. So we can't very well discuss things with the guests."
Da fiel ihm ein, dass jemand eine Person erwähnt hatte, die nachts herumlief. Das könnte vielleicht ganz interessant sein, dachte er.
"Mrs Palmer offered to show us the hotel and the **grounds**. Old houses always have stories to tell", meinte Goldwin.
Ben nickte. "Yes. Maybe that way we'll find a **clue**."
"I've a funny feeling. Like someone is watching us." Darren richtete seine Gabel auf Ben und Goldwin, als wollte er sie aufspießen. "**Someone made of flesh and**

**at all** überhaupt
**lounge** Salon
**grounds** Anlage
**clue** Hinweis
**someone made of flesh and blood** ein Mensch aus Fleisch und Blut

**blood** could well be behind all of this", gab er zu bedenken.
"Your crucifix won't be much use against someone made of flesh and blood", sagte Ben ironisch und grinste.
"**Neither** will garlic", meinte Goldwin trocken.

Nach dem Essen zogen sich die drei ihre Jacken über, um die Gegend zu erkunden. Es fielen noch ein paar Tropfen, aber die Regenwolken verzogen sich allmählich und dazwischen wagte sich mehr und mehr die Sonne hervor.



Fay Palmer wartete am Strand auf sie. "Today the sea is in the same **stormy mood** as our guests. You**'re** probably **aware of** that. Some more people have packed their bags and left."
Die drei Freunde nickten. Sie waren ja sozusagen hautnah dabei gewesen.
"If these strange **occurrences** continue, we'll soon get a **reputation** as a haunted hotel", sagte Fay Palmer und fügte nach einer kurzen Pause hinzu: "Ghosts never forget."
"What … do you mean?" Darren machte große Augen, als wäre Mrs Palmer die Schlange und er das Kaninchen.
"Oh, nothing. I'm just a little mixed up at the moment", sagte sie mit einem zaghaften Lächeln.
"**Do** you **recall** any strange events or **deaths connected** with the hotel?" In Bens Erinnerung hallte noch

**neither** auch nicht
**stormy** stürmisch
**mood** Stimmung
**to be aware of sth** etw bemerken
**occurrence** Vorfall
**reputation** Ruf
**to recall sth** sich an etw erinnern
**death** Todesfall
**connected** im Zusammenhang

immer dieser eigenwillige Satz nach: *The dead sometimes come back to life.* Er würde Mrs Palmer danach fragen. Außerdem war er inzwischen überzeugt, dass sie ihnen etwas verschwieg.

"Please **come along**, I'd like to show you something", forderte Mrs Palmer sie auf und marschierte voran, den Hügel zum Haus hinauf.

Goldwin schnaufte. "I think I ate too much", sagte er entschuldigend und bemühte sich, Schritt zu halten.

Mrs Palmer erzählte ihnen, dass ihre Eltern Villebroke House gekauft und komplett wieder hergerichtet hatten. "As a child, I was **fascinated** by the ceilings in the house. They are made of **wooden beams salvaged** from the wreck of a Spanish ship that once **sank** out in the **bay**."

"Did many ships go down in this area?", wollte Goldwin wissen.

"**Quite a few**. And some of them **were lured** onto the rocks **on purpose** so that **wreckers** could then get their **murderous** hands on the **freight** they carried."

"Pirates?", meinte Darren schaudernd.

Mrs Palmer nickte. "This stretch of coast is a **graveyard**. Until just 150 years ago, the wreckers used to light false **beacon fires** on stormy nights to **guide** the ships towards the rocks. And their **doom**."

Ben kannte solche Geschichten natürlich,

**to come along** mitkommen
**fascinated** fasziniert
**wooden beam** Holzbalken
**to salvage** bergen
**to sink (sank, sunk)** untergehen
**bay** Bucht
**quite a few** eine ganze Menge
**to lure** locken
**on purpose** absichtlich
**wrecker** Strandräuber
**murderous** mörderisch
**freight** Fracht
**graveyard** Friedhof
**beacon fire** Leuchtfeuer
**to guide** führen
**doom** Verderben

doch bisher nur aus Büchern. In Gedanken hatte er bereits einen Stift gezückt und machte sich Notizen. Mrs Palmer war leider keine Nachfahrin eines der Strandräuber, wie sie versicherte. Sie stiegen weiter hügelan bis zu einer Stelle, an der unter Bäumen ein steinerner Engel stand.

War hier jemand beerdigt? Hoffentlich nicht. Ben warf Goldwin einen Blick zu. Darren würde ausflippen. In den Herbstferien waren sie im Park von Caedmon Castle auf verborgene Gräber gestoßen und Darren hatte deswegen ein Riesentheater veranstaltet.



Bevor Darren etwas sagen konnte, fragte Ben: "In your letter you wrote 'The dead sometimes come back to life'. What did you mean by that?"

"Did I really write that? I don't recall", sagte Fay Palmer.

Konnte sie das wirklich vergessen haben? Oder kam Mrs Palmer ihr eigener Verdacht plötzlich unsinnig vor?

**from a distance** von fern
**hillside** Abhang
**count** Graf

"Oh, I was going to tell you something about this statue", nahm sie den Faden wieder auf.

Aus der Ferne hatte Ben zuerst gedacht, es wäre ein Engel, aber bei genauerem Hinsehen waren die Flügel gar keine und auch das Gesicht sah überhaupt nicht engelhaft aus. Es wirkte eher … diabolisch. Ging es nur ihm so?

"**From a distance** it looks like an angel, doesn't it?" Mrs Palmer musste Bens Gedanken erraten haben.

"It is said that in the early seventeenth century a castle stood on this **hillside**. It belonged to a German **count**. He had a twelve-year-old son and, so the story goes, one day the boy disappeared **without a trace**. The body was never found. But some people are convinced that they can hear him crying at night."

Ben schluckte. "And no-one ever found out what happend to him?"

"There were some horrible stories told about the count. He was said to **be in league with the devil**. Some **swore under oath** that they had seen him drink blood. As though he was a vampire. But this is total **nonsense**. We're not in **Transylvania**, after all."

"Obwohl ich mir gerade so vorkomme", dachte Ben.

"There's no one **buried** here?", fragte Darren. Die Erleichterung, dass er nicht an einem Grab stand, war ihm deutlich anzumerken.

"No, not as far as I know", gab Mrs Palmer Auskunft. "The count **had** this statue **erected** soon after his son disappeared. That's strange, and sometimes I catch myself thinking that the figure's not made of stone, but in some way alive …"

**without a trace** spurlos
**to be in league with the devil** mit dem Teufel im Bunde sein
**to swear (swore, sworn) under oath** einen Eid schwören
**nonsense** Unsinn
**Transylvania** Transsilvanien
**buried** begraben
**to have sth erected** etw aufstellen lassen

# Schwebende Lichter

Während des Abendessens unterhielten sich Ben, Goldwin und Darren über Mrs Palmers Schauergeschichten, als Mr Riley zu ihnen an den Tisch kam.

"So, have you **vermin exterminators** worked out a plan yet?" Er lachte schallend, und, wie Ben fand, irgendwie falsch. Tatsächlich wurde sein Ton gleich darauf zu Eis. "I'm warning you. If you try to **fool** Mrs Palmer ...", er brachte seine Drohung nicht zu Ende, reckte nur einen Zeigefinger mahnend in die Luft. "I'm not joking!" Damit wandte er sich um.



"Pff", machte Darren, "he **has a screw loose**."

Aber Ben war überzeugt, dass Mr Riley sich um Mrs Palmer und das Hotel sorgte. Das sagte er auch zu Darren und Goldwin. "He thinks that we**'re pretending** to help when all we want is to relax and have fun on the beach."

Goldwin schlug sich demonstrativ gegen die Stirn. "**Trust me** to forget my surfboard!"

"Guys, we're detectives. If Mr Riley thinks that we**'re** not **up to it**, then we'll show him!" Ben gab sich zuversichtlich.

"I don't really like Mrs Palmer's stories", sagte Darren. "How come she suddenly can't recall what she wrote in her letter? Now, that's a strange thing **indeed**."

"Just one of many strange things here", pflichtete ihm Goldwin bei. "What do you say, Ben?"

**vermin exterminator**
Kammerjäger(in)

**to fool sb** jdn verschaukeln

**sb has a screw loose**
bei jdm ist eine Schraube locker

**to pretend**
so tun als ob

**Trust me!**
Typisch für mich!

**to be up to sth**
einer Sache gewachsen sein

**indeed**
in der Tat

"I can't help feeling that Mrs Palmer hasn't told us the whole truth. The question is – why?", sagte Ben. "I mean, **after all** it was her idea to **hire** Lorimer, Bergmann & Nellson."

**after all** schließlich
**to hire sb** jdn engagieren
**responsible** verantwortlich
**spooky** schaurig
**goings-on** Vorgänge
**human** Mensch
**to suspect sb** jdn verdächtigen
**to achieve** erreichen

Den restlichen Abend verbrachten die drei zusammen mit den anderen Gästen im Wintergarten.
Eigentlich hofften sie, etwas in Erfahrung zu bringen, aber stattdessen mussten sie sich einen Ehestreit anhören und eine lautstarke Beschwerde von Mrs Ellis, offenbar Lehrerin für Geschichte, bei einem Mann namens Peter Galen: "You think that if you can't sleep then neither should anyone else, right?!"
"I'm really sorry", sagte der Angesprochene und zeigte sich geknickt.
"I've heard that before!", gab Mrs Ellis zurück. Es war unüberhörbar, dass sie dem Mann kein Wort glaubte.
Ben stutzte. Da hatte doch jemand etwas von einem Typen gesagt, der nachts im Haus herumschlich.
"Did you hear that?", machte Ben seine beiden Freunde auf die Diskussion am anderen Tisch aufmerksam. "Darren wondered if a person of flesh and blood could be **responsible** for the **spooky goings-on**. It's pretty easy for a **human** to spill some water." Ben stellte sich einen Mann vor, der mit einem großen Eimer nachts durchs Hotel ging. Das wäre immerhin eine Erklärung. Aber weshalb sollte jemand so etwas tun?
"You **suspect** that guy? What would he **achieve**?" Goldwin zuckte die Schultern.

"We need to **get to the bottom of** this", meinte Ben.

Im Wintergarten war es warm und gemütlich, die Kissen auf den Rattansesseln bequem, die Atmosphäre entspannte sich, nachdem das streitende Ehepaar und Mr Galen den Raum verlassen hatten. Draußen war die Sonne längst untergegangen. Das Geräusch der Wellen, die an den Strand schlugen, wirkte beruhigend. Ben überlegte noch immer, was es mit diesem Peter Galen auf sich hatte.

**to get to the bottom of sth** einer Sache auf den Grund gehen

**to make friends with sb** mit jdm Freundschaft schließen

**crow** Krähe

Ein lautes Schmatzen riss ihn aus seinen Gedanken. Er wandte den Kopf und hätte beinahe laut gelacht. Er stupste Goldwin an. Darren war offenbar eingeschlafen, das Schmatzen kam aus seinem Mund.



"Is everything all right with him?", fragte Goldwin.

"I guess he's just dog-tired", sagte Ben.

"Maybe he**'s** just **making friends with** that vampire." Goldwin grinste.

"Which vampire?", fragte Ben. "Did he meet one already? I thought he wouldn't go out on his own, especially not after Mrs Palmer told us about the count and that stone figure." Ben erinnerte sich an das eigenartige Gefühl, das da oben auf dem Hügel selbst ihn beschlichen hatte.

"Darren went to his room to check his blood sugar earlier on", sagte Goldwin. "When he came back he swore he'd seen a vampire. Probably it was just a big **crow** or something at the window. You know how easily he gets scared."

Nach und nach zogen sich die anderen Gäste zurück,

und als sich der Raum langsam leerte, beschlossen auch Ben und Goldwin, dass es allmählich Zeit wurde, ins Bett zu gehen.

**fast asleep** fest eingeschlafen
**it's about time** es ist höchste Zeit

Nachdem sie es geschafft hatten, Darren so weit aufzuwecken, dass er einigermaßen transportfähig war, bugsierten sie ihn nach oben. Er konnte kaum die Augen offen halten.

"Hi guys, have I missed something important? I was **fast asleep**. Sorry."

"No problem, we were just talking about crows", erklärte Goldwin.



Ben wusste, es war ein Traum. Etwas warf einen großen, kreuzähnlichen Schatten, Finger strichen ihm durchs Haar und er konnte auf seinem Gesicht ganz deutlich einen kühlen Lufthauch spüren.

Außerdem stank etwas ganz penetrant nach …

Ben schreckte auf, wischte die ekligen Traumfinger fort und öffnete die Augen.

Blendend helles Licht schien ihm ins Gesicht und noch immer konnte er den Schatten eines Kreuzes sehen. Außerdem stand sein Fenster offen. "Oh, ugh, garlic", sagte Ben laut und tastete nach seiner Brille.

"**It's about time** you noticed us", flüsterte jemand. Es war Goldwin, mit einer Taschenlampe in der Hand.

Neben ihm stand Darren und deutete auf das Fenster, ohne das Kreuz aus der Hand zu legen.

"I guessed that!", meinte Ben. "Dreams don't smell that horrible!" Er wedelte mit einer Hand vor seinem Gesicht herum.

Als Erstes fiel ihm auf, dass Goldwin und Darren komplett angezogen waren. Und als Nächstes, dass Darren um den Hals eine Kette aus lauter Knoblauchzehen angelegt hatte.

"**What the hell** are you doing here **in the dead of night**?", fragte Ben.

"There! Take a look outside!" Das Kruzifix wippte hektisch auf und ab.

Ben sprang aus dem Bett und stürzte zum offenen Fenster. Mit offenem Mund blieb er stehen und sah, für einen Moment fasziniert und sprachlos zugleich, den geisterhaften Lichtern zu, die wie zahllose kleine Flämmchen über dem Wasser schwebten und mit den Wellen auf und nieder stiegen.



"We must go down to the beach", sagte Ben. "Hurry! And switch off that awful **torch**, Goldwin, if you don't want us to be seen by half of the hotel guests." Goldwin machte die Lampe aus, Ben schloss das Fenster, schlüpfte in Jeans und Turnschuhe und schnappte sich die Jacke, die er am Abend über den Stuhl geworfen hatte. "Darren, ah, you **stink of** garlic."

"I'm not taking it off, forget it!", weigerte sich Darren. "Who can say who's out there. Maybe Mrs Palmer only told us half of the story."

"Come on, we'll be fine", sagte Goldwin zu Ben, "let's hurry."

Er war als Erster an der Treppe und rannte die Stufen in einem Tempo hinunter, als wäre der Teufel hinter ihm her und nicht nur Ben und Darren mit Kruzifix und Knoblauchbehang.

**what the hell** was zum Teufel
**in the dead of night** mitten in der Nacht
**torch** Taschenlampe
**to stink of sth** nach etw stinken

**ahead** voraus
**bonkers** übergeschnappt
**I don't give a damn.** Das ist mir völlig schnuppe.
**to be out of one's mind** nicht mehr ganz dicht sein
**out of nowhere** wie aus dem Nichts
**to shine a light** leuchten

Flur und Lobby lagen im Schummerlicht der Nachtbeleuchtung, um ein Haar hätte Ben die letzte Treppenstufe übersehen, er konnte sich grade noch am Handlauf festhalten. Als sie auf die Eingangstür zuliefen, tauchte plötzlich vor ihnen, scheinbar aus dem Nichts, eine Gestalt auf.

"Ghost **ahead**!", rief Darren und schlug mit dem Kreuz nach dem vermeintlichen Geist.

Etwas oder jemand fiel krachend zu Boden und das war mit Sicherheit kein Geistwesen, denn dieser Jemand fluchte ganz entsetzlich und brüllte dann aufgebracht: "Hey, are you **bonkers**? Are you trying to kill me?"

Goldwin schaltete seine Taschenlampe wieder an. Zu dritt sahen sie auf Peter Galen hinunter, der vor ihnen kniete und sich den Kopf hielt.

"I'm sorry", entschuldigte sich Darren. "I thought …"

"**I don't give a damn** what you think", fuhr Galen ihn an und rappelte sich auf. Darrens dargebotene Hand ignorierte er. "**Are** you **out of** your **mind?**", knurrte der Mann und wankte an ihnen vorbei zur Treppe.

"My friend didn't mean to hurt you", versuchte Ben eine Entschuldigung, bekam als Antwort jedoch nur eine wegwerfende Handbewegung.

"He appeared **out of nowhere**", sagte Goldwin. "If he had been in the hall before we would've seen him when we came down the stairs."

Ben sah sich um und meinte dann: "**Shine** some **light** over there."

Im Schein der Taschenlampe tauchte aus den Schatten an der Wand eine schmale Tür auf, die Ben bislang nicht aufgefallen war. Er zog daran. Leise schwang sie zur Seite und gab den Blick auf dunkle Steinstufen frei, die in die Tiefe führten. "This seems to be the way down to the cellar."

"What the hell did this nasty fellow want in the cellar of the hotel?", fragte Darren. "I didn't recognize him, otherwise I wouldn't have hit him so hard."

Hinter ihnen ertönte unvermittelt ein gurgelndes Lachen. Die drei fuhren erschrocken herum.

"That fellow's a real **rotter**", sagte Mr Riley. "And a **hard-headed** one, too. He'll survive."



"Did you see the lights?", fragte Goldwin.

"You mean outside, on the beach? That happens from time to time. They come and go", sagte Mr Riley scheinbar unaufgeregt. "Take a look, maybe there's still something to see."

Ben fiel der Eimer in der Hand des alten Mannes auf. Darin schwappten mehrere Fingerbreit Wasser und obenauf lag ein großer Putzlappen. Er sagte nichts dazu und meinte nur: "We'll watch out for them."

Sie verließen die Lobby und beeilten sich, an den Strand zu kommen.

"Fresh air at last!", stöhnte Goldwin dankbar.

**rotter**
Schweinehund
**hard-headed**
dickköpfig
**pitch-black**
stockdunkel

"Yes, but that's all. It's **pitch-black** out here." Ben sah sich um. Von irgendwelchen Lichtern war nichts mehr zu sehen. Wenn jemand diese Lightshow veranstaltete, um Mrs Palmer zu schaden, dann wäre das jedenfalls ein ziemlicher Aufwand, für den man einen guten Grund brauchte, dachte Ben.

"Peter Galen can't be the **culprit**. He was in the cellar", überlegte Goldwin laut.

"We don't know that for certain", gab Darren zu bedenken. "What about Mr Riley? He was carrying a bucket of water."

"With a rag in it. He probably **mopped up** the water because he didn't want the guests to **get wind of** the **leaking** roof", gab Ben zu bedenken.

"That makes sense. It's **obvious** that he**'s fond of** Mrs Palmer and will do everything to protect her", sagte Goldwin.

**culprit** Übeltäter(in)
**to mop up** aufwischen
**to get wind of sth** etw spitz kriegen
**leaking** undicht
**obvious** offensichtlich
**to be fond of sb** jdn mögen

Ben bemerkte, dass Darren mit einem Mal ganz still geworden war und in die Ferne starrte, und folgte seinem Blick. Er landete bei der Figur, die nur von Weitem wie ein Engel aussah.

"Mrs Palmer said she thinks it's alive", flüsterte Darren. "And just now something *did* move out there."

# Der Mann aus dem Meer

Es war mondhell und auf den Wellen glitzerten kleine Funken, als hätte Merlin großzügig Sternenstaub darauf verteilt. Auf Bens Uhr war es halb zwei und sie hatten überhaupt nichts erreicht.

Sie beratschlagten, was sie weiter tun wollten.

"Waiting around doesn't make sense. If something was there it's gone now", sagte Goldwin. "**Besides**, I'm cold. We should go to bed. I think that was enough for today."

"I'**m in favour of** going down to the cellar to **take a closer look**." Ben hatte so ein komisches Gefühl, dass Peter Galen dort unten nach etwas gesucht hatte, und wollte der Sache auf den Grund gehen.

"But not tonight. We'll see more in daylight." Darren klemmte sich das Kruzifix unter den Arm.

"Good idea, let's hope that during the day you can do without this **smelly** necklace", sagte Goldwin naserümpfend.

Ben, Goldwin und Darren verließen den Strandabschnitt und marschierten quer über den Rasen zurück zum Hotel. Unter den Sohlen ihrer Turnschuhe schmatzte das feuchte Gras.

"Earlier on Darren sounded just like this!" Ben lachte.

"You **haven't a clue**", wehrte sich Darren. "Wait … I can hear something!" Er blieb stehen.

**besides** außerdem
**to be in favour of sth** für etw sein
**to take a closer look** sich etw genauer ansehen
**smelly** stinkig
**to not have a clue** keine Ahnung haben

"Stop it! You'll **infect** us with your paranoia", lästerte Goldwin.

Beinahe wären sie mit Mrs Ellis zusammengestoßen, die unmittelbar vor ihnen aus den Büschen aufgetaucht war und nun stolpernd auf den Hoteleingang zulief. Das kleine Licht ihrer Taschenlampe hüpfte nervös auf und ab. "Did you see that too?", wollte sie wissen und packte Ben am Arm. Sie blickte sich besorgt um, als hätte sie Angst, dass ihr jemand gefolgt sein könnte.

**to infect** anstecken
**encounter** Begegnung
**head-dress** Kopfschmuck
**bicorn** Zweispitz

"You had an **encounter** with the vampire? May I take a look?" Darren war drauf und dran, Mrs Ellis' Hals zu untersuchen.

Ben konnte ihn gerade noch davon abhalten. "That's enough!"

Die Lehrerin sah Darren verständnislos an. "Vampire? What vampire? There was a man", sagte sie. "Walking his dog. Down on the beach. He was wearing a long coat and heavy boots. But his **head-dress** was unusual. He was wearing a **bicorn**." Mrs Ellis zeichnete mit einer Hand schwungvoll die Form des seltsamen Hutes nach. "Usually, you only see something like that in history books."

"You mean, a hat like the one Napoleon Bonaparte used to wear?", vergewisserte sich Ben. Er kannte Napoleons Zweispitz von einer Abbildung aus dem Geschichtsbuch. Es war ein Hut mit an zwei gegenüberliegenden Seiten senkrecht aufgeschlagenen Krempen. Auf diese Weise entstanden die zwei Spitzen. "That's exactly what I mean." Mrs Ellis nickte erfreut.

Für einen Augenblick schien sie das sogar von ihrer unheimlichen Begegnung abzulenken.

"Are you saying that you saw somebody dressed up for a **fancy-dress party**?" Goldwin verstand überhaupt nichts mehr.

"What I'm saying is, I saw somebody who looked like something from the **distant past**", korrigierte ihn Mrs Ellis.

"Ah, yes", meinte Darren und sein Ton ließ ahnen, was er davon hielt.

"Young man, that story is almost as **ridiculous** as the idea of vampires **on the prowl**." Mrs Ellis stapfte die Stufen zum Eingang hinauf.



"Ma'am", hielt Ben sie auf. "May I ask what **induced** you **to** go to the beach in the dead of night?"

Mrs. Ellis blieb stehen und drehte sich um. "I heard him again", berichtete sie. "Peter Galen, the man who lives in room 14. I got up and went to the window. There was someone down on the beach, but suddenly he disappeared. Just then, the lights appeared, hovering just above the water. I want to know what, or rather who, is behind all this." Dann öffnete sie die Tür und verschwand im Hotel.

"What would you say, if …" Ben wollte gerade dazu ansetzen, Goldwin und Darren davon zu überzeugen, doch sofort einen Blick in den Keller zu werfen, als Mrs Ellis' Schrei ihm das Wort abschnitt.

"Oh, no, no!", gruselte sich Darren und rückte schnell seine Knoblauchkette

**fancy-dress party**
Kostümfest

**distant past**
graue Vorzeit

**ridiculous**
lächerlich

**on the prowl**
auf Beutezug

**to induce sb to do sth**
jdn dazu bringen, etw zu tun

zurecht, während Ben und Goldwin die Treppe hochstürmten.
"Mrs Ellis!", rief Ben.
Sie hatten die Tür aufgerissen und Goldwin drückte auf den Lichtschalter. "The whole hotel's **awake** by now. And anyone who isn't must be dead", sagte er.
Ben sah auf seine Schuhe hinunter. Sie standen in einer großen Pfütze, aber wenigstens standen sie noch. Mrs Ellis dagegen saß mit dem Hinterteil mittendrin.
"That wasn't there before", bemerkte Darren und Ben rätselte einen Moment lang, ob er die Pfütze meinte oder die Lehrerin darin.
Die Freunde halfen Mrs Ellis mit vereinten Kräften aus der Misere.

**awake** wach
**curse** Fluch
**damnation** Verdammnis

Sekunden später kam Mrs Palmer mit wehendem Morgenmantel die Treppe heruntergelaufen. Als Nächstes öffnete sich die Tür zum Keller und fünf Augenpaare verfolgten gespannt, was da aus der Tiefe heraufkam. Es war Mr Riley.
"**Curse** and **damnation**!", ereiferte er sich, als er das viele Wasser sah.
Für Ben war das der Beweis, dass die Überschwemmung in der Halle nicht Rileys Werk war. Allerdings verstärkte sich zugleich auch sein Eindruck, dass der alte Mann möglicherweise mehr über die seltsamen Wasserpfützen wusste, als er zugab, zumindest aber einen Verdacht hatte.
"Nothing broken, I hope?", erkundigte sich Mrs Palmer voller Sorge bei Mrs Ellis.
Diese wiegelte ab und schob den Sturz kurzerhand auf

ihre eigene Unachtsamkeit. Sie brachte sogar ein Lächeln zustande.
"What an awful smell in here", fiel Mrs Palmer auf.
"That's the garlic", erklärte ihr Mrs Ellis und zwinkerte Darren zu, der schnell die dicken Zehen an ihrer Schnur tiefer in seinen Kragen stopfte.
"I'd like to **sincerely apologize** for this **unpleasant incident**", sagte Mrs Palmer und Ben vermutete, dass sie diese Worte in letzter Zeit schon häufiger an ihre Gäste gerichtet hatte.
"Sleep well", wünschte ihnen Mrs Ellis und tropfte in ihrer nassen Kleidung die Treppe hinauf. Sie schien weder verärgert noch sonderlich beunruhigt zu sein.

**sincerely** aufrichtig
**to apologize** sich entschuldigen
**unpleasant** unangenehm
**incident** Vorfall

Wer sich in dieser Nacht nicht mehr blicken ließ, war der Gast von Zimmer 14, Peter Galen.
"Is there a chance he might really be dead?", fragte Darren und versteckte das Kruzifix, so gut es ging, unter seiner Jacke.
"I'm sure he's alright. He just wants nothing to do with us", beruhigte ihn Ben und legte Darren eine Hand auf die Schulter. Den Keller würden sie sich ein andermal vornehmen, beschloss er. Das hatte gerade nämlich schon Mr Riley getan. Aber er wollte wenigstens noch feststellen, wohin die Wasserspur führte.
Die drei marschierten den Gang entlang und folgten dem Wasser. Plötzlich kam Ben ein Gedanke. Er blieb abrupt stehen und ging in die Hocke.
"Ben? Hey, what are you doing? That's just water." Darren und Goldwin schauten ihn komisch fragend an.

"Of course it's water", gab Ben zurück. Er tauchte einen Finger in das Nass und leckte daran. "But it's saltwater."
"Saltwater? Who the hell would fetch sea water in buckets just to spill it right here?", fragte Darren.
"No idea", sagte Ben und erhob sich wieder. "Perhaps somebody is trying to scare the people in Villebroke House. Or wants to **attract attention**."
"**In any case**, now we know it's not coming from a leaking roof. Unless it rains saltwater in Cornwall", meinte Goldwin.
Darren schaute angestrengt in jede Ecke, als könnte sich der Übeltäter noch irgendwo versteckt halten.

**to attract attention** Aufmerksamkeit erregen
**in any case** auf jeden Fall
**to exclude** ausschließen

"I think we can **exclude** Mr Riley. That leaves Peter Galen or ..." Goldwin deutete eine Kopfbedeckung mit zwei Spitzen an.
"The man from the past", beendete Darren Goldwins Satz.
Am Ende verlief sich die Wasserspur, der Fliesenboden war mit einem Mal wieder trocken. Und dort im Trockenen lag etwas Glänzendes. Ben bückte sich, um es aufzuheben. "The man who came in from the sea", korrigierte er Darren und zeigte den beiden seine offene Handfläche. Dort funkelte eine Goldmünze.

# Entdeckung in Zimmer 14

Es war noch ziemlich früh am nächsten Morgen, als Ben sich wieder auf den Weg zum Strand machte. Er hoffte, dort noch irgendwas zu entdecken. Stiefelabdrücke zum Beispiel oder Hundespuren. Leise zog er die Zimmertür hinter sich zu. Der Gedanke war ihm beim Aufwachen spontan gekommen und es hätte zu lange gedauert, Goldwin und Darren deshalb zu wecken. Sie waren gestern Nacht gleich auf ihre Zimmer verschwunden. Natürlich nicht, ohne sich die Goldmünze anzuschauen.

**genuine** echt

"Is it **genuine**?", hatte Darren gefragt und hineingebissen.

Ben hatte aufgestöhnt und die Münze an seiner Jeans abgewischt. Sein Vater sammelte Münzen. Er war deutscher Diplomat und bereiste dauernd fremde Länder. Das war auch der Grund, weshalb Ben in Wendlock Hall lebte. Als Kind hatte er die Münzen seines Vaters oft betrachtet und mit den Abbildungen in den Katalogen verglichen. Er hätte eine Wette darauf abgeschlossen, dass die Münze nicht nur echt, sondern auch antik war.

Auf der Treppe bemerkte Ben, dass sich sein Schnürsenkel gelöst hatte. Als er in die Hocke ging, um ihn zu binden, hörte er von unten Stimmen. Der Helmtaucher, der am Rezeptionstresen stand, war sicher nicht in der Stimmung für Gespräche, dafür klang es nach Mr Riley

und Mrs Palmer. Ben setzte sich vorsichtig auf die Treppenstufe und lauschte.
Das Gespräch drehte sich um den seltsamen Gast, Peter Galen. "I don't trust him", sagte Mrs Palmer gerade. "I wish I knew who he really is and what he wants."
"In any case he was in the cellar the other night and I **bet** it wasn't the first time", antwortete Mr Riley. "Most of these old houses on the coast have **secret passages**. He could have been looking for something like that."
Ben hielt den Atem an. Ein Geheimgang? Wahnsinn!
"But what would he do with that **knowledge**?", fragte Mrs Palmer.
Auf diese Antwort war auch Ben gespannt.
"If you'd grown up here, Fay, then you'd know. It's not just an old tale. Were that the case, then no ghost from long ago would walk these rooms **longing for revenge**. The anniversary will soon be here."
"This frightens me, Colin", bekannte Mrs Palmer.
"I'm not sure it was a good idea to ask this detective agency for help. Yesterday one of these brave young men **taught** a ghost **a lesson** with his crucifix. Too bad that the ghost was actually Mr Galen." Mr Riley beschrieb anschaulich, wie Darren den Gast von Zimmer 14 im dunklen Gang attackiert hatte, weil er ihn für einen Geist hielt. Mrs Palmer lachte und Ben biss sich auf die Zunge, um nicht ebenfalls loszulachen. Die Situation war wirklich komisch gewesen.

**to bet** wetten
**secret passage** Geheimgang
**knowledge** Wissen
**to long for sth** sich nach etw sehnen
**revenge** Rache
**to teach sb a lesson** jdm eine Lehre erteilen

Mr Riley sagte: "He really is a bit ghostly, our Mr Galen. I'm sure I've seen him somewhere before." Dann verabschiedete er sich von Mrs Palmer, um an die Arbeit zu gehen. Mrs Palmer verschwand ebenfalls nach hinten in ihr Büro.

Interessant, dachte Ben. Das musste er unbedingt Goldwin und Darren erzählen. Zu belauschen gab es nichts mehr und von oben waren jetzt Schritte zu hören. Er sprang auf und lief die Treppe hinunter und aus dem Haus.

Die Luft war frisch und roch leicht salzig und die Sonne hangelte sich an einem Wolkenfaden gerade über den östlichen Horizont. Es würde bestimmt ein schöner Tag werden.



Ben ließ sich das belauschte Gespräch noch einmal durch den Kopf gehen, während er mit den Augen den Sand absuchte. Den rachsüchtigen Geist erwähnte er Darren gegenüber besser nicht, es war schon schlimm genug, dass er in Villebroke House einen Vampir vermutete.

"The **tide** has carried them away", sagte eine Frauenstimme hinter Ben.

Ben drehte sich um. "Good morning, Mrs Ellis", grüßte er die ältere Dame. "What did the tide carry away?"

"The thing that you are looking for. **Footprints**." Die Lehrerin musste seinen Gesichtsausdruck gesehen haben. "This coast gets **impressive tides**. At the moment it's **low tide**, but in six hours it will be **high tide**", erklärte sie Ben.

**tide** Flut
**footprints** Fußspuren
**impressive** beeindruckend
**tides** Gezeiten
**low tide** Ebbe
**high tide** Flut

"Thanks for not asking if I'd learned that at school. **As a matter of fact**, I did." Ben lachte etwas verlegen, aber Mrs Ellis sagte schlicht: "You'll remember it next time."

**as a matter of fact** tatsächlich
**to claim** behaupten
**obviously** offensichtlich
**we ought to** wir sollten
**where on earth** wo in aller Welt

"And what are you doing out here so early?", fragte Ben.
"Thinking", sagte Mrs Ellis. "I'm wondering why someone who **claims** to be a historian **obviously** knows hardly anything about history. At least that's what I think after our last conversation at dinner."
"Who do you mean?", fragte Ben.
"Mr Galen, of course", sagte Mrs Ellis.
"Perhaps he isn't really a historian", vermutete Ben.
"I'll bet you anything he isn't. But **we ought to** find out what he *really* is." Mrs Ellis wünschte Ben einen schönen Tag und verschwand in Richtung Herrenhaus.
War das eben eine Aufforderung gewesen? Ben grinste.

Als er eine Stunde später zum Frühstück erschien, saßen Goldwin und Darren bereits am Tisch, lecker duftende Rühreier mit Schinken vor sich.
"**Where on earth** have you been?", fragte Goldwin. "You weren't in your room."
Darren deutete unauffällig hinter sich und flüsterte: "He's alive!"
Peter Galen trug für alle sichtbar einen weißen Verband um den Kopf und eine Miene zur Schau, als hätte er nur mit viel Glück einen Raubüberfall überlebt. Mit verkniffenem Gesicht bearbeitete er sein Brötchen. Ihm

gegenüber saß eine ausgesprochen gut gelaunte Mrs Ellis.

"That's already the fourth time he's told me", beschwerte sich Goldwin.

"Because I'm really glad about it", gab Darren freimütig zu. "Who can say how much **bashing** a head can **take**? Besides, I **have** pretty good **aim**."

"Apparently, he can take a lot. **Folks**, you're not going to believe this", begann Ben und setzte sich auf den freien Stuhl.

In aller Ausführlichkeit erzählte er den Freunden, was er auf der Treppe gehört hatte, sparte nur Mr Rileys Einwurf über den rachsüchtigen Geist aus und berichtete anschließend von dem kurzen Gespräch am Strand und von Mrs Ellis' Verdacht.

**bashing** Schläge
**to take** aushalten
**to have aim** zielen können
**folks** Leute
**incitement** Aufhetzung
**to be a lookout** Schmiere stehen



"That's **incitement** or whatever it's called." Darren schob sich eine Gabel Rührei in den Mund.

"We could always ask Mrs Ellis to **be** our **lookout**", fiel Goldwin ein.

"That's it!", sagte Ben.

Goldwin und Darren sahen sich an. "I was only joking, Ben", meinte Goldwin.

"Still ...", erwiderte Ben nachdenklich und dann: "I've got a plan."

Bens Plan bestand darin, aus seinem Zimmer zu steigen und sich über die Klettergehölze an der Mauer hinauf auf Peter Galens Balkon zu hangeln. Von draußen hatte

Ben nämlich gesehen, dass die Balkontür offen stand, und bevor er zum Frühstück gegangen war, hatte er sich vergewissert, dass das Zimmer Nr. 14, in dem Peter Galen wohnte, direkt über dem seinen lag.
Mrs Ellis' Bemerkung, sie müssten etwas über den Mann herausfinden, war bestimmt anders gemeint, aber Ben hatte sonst keine Idee, wie sie das anstellen sollten. Eine Internet-Recherche war bei diesem Allerweltsnamen von vornherein aussichtslos. Und zudem liefen Mrs Palmer immer mehr Gäste weg. Ihnen blieb also gar keine Zeit für langwierige Nachforschungen.
"It looks rather dangerous", bemerkte Goldwin. "Anyway, you know about my **fear of heights**."
"In any case only one of us can go. The others will have to **watch out**", erklärte Ben.
"Watch out for what? Watch you fall?", witzelte Darren.
"It's not **a walk in the park**." Goldwin war sichtlich nervös.
"Let me have a go", sagte Ben. "It'll be okay. Don't give Darren's ghost any chance to enter his room. That's all. Mrs Ellis will take care of him."
Ben hatte Mrs Ellis gebeten, "Darrens Geist", wie Mr Galen inzwischen nur noch genannt wurde, eine Weile abzulenken. Und sie hatte versprochen, ihr Bestes zu geben. "If you don't find what you're looking for **at first glance**, have a look under the **mattress**", hatte sie Ben empfohlen.
Während Mrs Ellis nun den angeblichen Historiker im Wintergarten des Hotels in eine Unterhaltung ver-

**fear of heights** Höhenangst
**to watch out** aufpassen
**a walk in the park** ein Kinderspiel
**at first glance** auf den ersten Blick
**mattress** Matratze

strickte, liefen Goldwin und Darren auf der Veranda herum und gaben vor, sich für Architektur zu interessieren.

"Wonderful, these chimneys and the **pitched roofs**", sülzte Darren.

"Yes, indeed! Just look at those **gorgeous leaded windows**", flötete Goldwin.

Ben verschloss seine Ohren. Am besten, er hörte gar nicht hin, weil er sonst Gefahr lief, vor Lachen aus dem Tritt zu kommen. Die beiden amüsierten sich königlich, während er sich derweil nicht sonderlich auf die Kletterei freute. Der Grund waren nicht die Rosen und auch nicht die Dornen, sondern vielmehr der Gedanke, dass sich zwischen den Blättern und Blüten womöglich irgendwelches Ungeziefer bewegen könnte. Spinnen zum Beispiel. Bei dem Gedanken kräuselten sich seine Eingeweide.

**pitched roof** Giebeldach
**gorgeous** prächtig
**leaded window** Bleiglasfenster



"Nicht dran denken", redete er sich gut zu. Selbst wenn dort so ein Vieh lauerte … "Bergmann, Loslassen kommt nicht in Frage!", impfte er sich.

Seine Hände griffen nach den stabilen Holzlatten, während seine Schuhe auf den kleinen Vorsprüngen Halt fanden. Es war zum Glück nur ein kurzes Stück.

Ben schaffte die Strecke ohne Begegnung mit einem Achtbeiner. Brenzlig wurde es erst, als er ein Bein über die Balustrade schwang und seine Hand dabei abrutschte. Er fasste nach. Aus den Augenwinkeln bekam er mit, wie Goldwin und Darren nach Luft schnappten.

Eine Sekunde später landete Ben sicher auf allen vieren auf dem Balkon. Er gönnte sich eine kurze Verschnaufpause, bevor er leise ins Zimmer schlüpfte.
"And now let's see what you**'re** really **up to**, Mr Galen", flüsterte Ben. Er hatte nicht direkt ein schlechtes Gewissen, obwohl ihm klar war, dass er sich mit einem Einbruch strafbar machte. Aber, so beruhigte er sich, Lorimer, Bergmann & Nellson hatten immerhin einen Auftrag, er handelte demnach im Interesse von Mrs Palmer. Und schließlich gehörte ihr das Hotel. Außerdem wollte er ja nichts stehlen, es ging nur um Informationen.
Er sah sich um. Auf den ersten Blick ergab sich überhaupt nichts. Nur ein paar Reisebroschüren und einige Bücher, die nicht aussahen, als würde sie jemand lesen. Dann erinnerte er sich an Mrs Ellis' Tipp.
Er ließ sich neben dem Bett auf die Knie fallen, stemmte die Matratze an einer Seite hoch und fasste mit der anderen Hand darunter. Nach einigem Herumtasten glitten seine Finger über etwas Glattes.
Ben zog vorsichtig daran. Bingo! Es war ein blauer, schmaler Ordner.
"Thanks, Mrs Ellis!", sagte Ben und jubelte innerlich.

**to be up to sth**
etw im Schilde führen

Plötzlich waren auf dem Gang Schritte zu vernehmen. Hatte er etwa eine Warnung von Darren und Goldwin überhört? Blitzschnell rollte er sich mit seinem Fund unters Bett und wartete darauf, dass die Tür aufging und Galen hereinkam. Das Herz schlug ihm bis zum Hals, seine Schläfen pochten und seine Hände, die sich um den Ordner krallten, waren plötzlich schweißnass. Er hielt den Atem an. Doch kein Schlüssel drehte sich im Schloss, niemand betrat den Raum. Die Schritte gingen vorbei und nach einigen Sekunden fiel die Tür des angrenzenden Zimmers geräuschvoll ins Schloss.

Ben atmete erleichtert aus. Seine Hand zitterte. Nachdem er sich einen Moment gefasst hatte, robbte er wieder unter dem Bett hervor und schlug den Ordner auf.

Sorgfältig sortiert waren darin Zeichnungen, Pläne, Zeitungsausschnitte, Notizen und Kopien von uralten Frachtpapieren abgeheftet. Er begann, Seite für Seite umzublättern.

"Hey", entfuhr es ihm. Und gleich darauf: "Wow!" Und dann: "You won't believe it."

# Das Schicksal der Sea Falcon

"Come on, tell us!" Goldwin und Darren sahen aus, als wollten sie Ben gleich schütteln. Hätte auch nur die geringste Möglichkeit bestanden, dass die Neuigkeiten aus ihm herauspurzelten, die beiden hätten ihn glatt auf den Kopf gestellt.

"Don't **keep** us **in suspense** any longer", forderte Darren.

Goldwin schnaufte: "**By the way**, you've no idea how **close a shave** it **was**. Suddenly Mr Galen wanted to go upstairs to his room. Just after you'd climbed over the balcony he said he'd forgotten something. He nearly caught you!"



"Oh no! What did you do to stop him?", fragte Ben.

"Mrs Ellis **faked** a **fainting fit**. She was brilliant. It was really scary!"

"Now that she saved you, we might … shouldn't we …" Darren fuchtelte unentschlossen in der Luft herum.

"You mean, we should let Mrs Ellis know what I found out?", beendete Ben den Satz. Darren nickte zustimmend und auch Goldwin war einverstanden. "Alright, let's go and fetch her."

Sie entdeckten Mrs Ellis im weitläufigen Garten von Villebroke House. Von "Darrens Geist" war weit und breit nichts zu sehen. Dennoch rechneten sie damit,

**to keep sb in suspense** jdn auf die Folter spannen
**by the way** übrigens
**to be a close shave** fast ins Auge gehen
**to fake** vortäuschen
**fainting fit** Ohnmachtsanfall

dass Galen jeden Moment hinter irgendeinem Baum oder Strauch auftauchen könnte.

"Did everything go well?", flüsterte die ältere Dame und musterte Ben, als hätte sie Sorge, er könnte sich verletzt haben.

"**You bet!**", erwiderte Ben leise. "How about a walk along the beach?"

"That's a good idea", sagte Mrs Ellis erfreut.

Zu viert verließen sie den Garten und gingen in Richtung Strand. Es war Ebbe, das Wasser hatte sich zurückgezogen, sodass die Felsen im Trockenen standen.

**You bet!**
Und ob!

**No doubt about it.**
Daran besteht kein Zweifel.

**missing**
vermisst

**shipping company**
Reederei

**crew list**
Besatzungsliste



"I took a few photos and yes, you were right", sagte Ben zu Mrs Ellis, als sie außer Hörweite waren. "The interesting stuff was under the mattress."

Als sie vom Haus aus nicht mehr zu sehen waren, griff Ben in seine Jacke und holte die Computerausdrucke heraus, die er in Mrs Palmers Büro von den Bildern auf seiner Handykamera gemacht hatte, und hielt sie Mrs Ellis, Darren und Goldwin hin, die sich neugierig darin vertieften.

"That's the Sea Falcon!", sagte Mrs. Ellis erstaunt. "**No doubt about it**. That ship disappeared in 1860 during a storm, on her way back to London from Portugal."

"But there's nothing here about a **missing** ship. Just the name of the **shipping company** and the **crew list**", meinte Darren und zeigte auf einige Bildunterschriften.

"Well, I teach English history, remember?", erinnerte ihn Mrs Ellis.

"Look at this!", sagte Goldwin und zeigte auf einen

Namen, der auf der Besatzungsliste stand. "Robert Henry Galen. Now that's a **coincidence**."

"Galen as in our Mr Galen?" Ben staunte. Die Namensgleichheit war ihm noch gar nicht aufgefallen.

**coincidence** Zufall
**coin** Münze
**cargo** Ladung
**aboard** an Bord
**bottom of the sea** Meeresgrund
**to succeed** Erfolg haben
**possible** möglich
**watery** nass
**murdered** ermordet
**descendant** Nachkommen

Er zauberte die Goldmünze, die er in der Hotelhalle gefunden hatte, aus seiner Hosentasche. "The ship carried gold **coins**. It says so here. What if this coin was part of the **cargo aboard** the Sea Falcon?"

"If so, then the gold must be still here somewhere – or not?" Goldwin leckte sich über die Lippen.

Mrs Ellis machte große Augen, ihre Stimme zitterte. "The man wearing a bicorn. He did resemble a ship's captain from one of those old adventure films. And the Sea Falcon is lying somewhere out there at the **bottom of the sea**."

"Mrs Ellis, if you are trying to scare me, you**'ve succeeded**." Darren warf einen beunruhigten Blick auf die ruhige Wasseroberfläche.

"It's **possible**", überlegte Ben. "From what Mrs Palmer told us, the local wreckers lured many ships to a **watery** grave just to steal their cargo."

"Do you realize what you're saying?", versuchte Darren es mit Objektivität. "A dead captain – a **murdered** captain – returns from the sea to take revenge on the **descendants** of the wreckers."

"Mr Riley is of the same opinion", sagte Ben. "And he

said something about an anniversary. I can't get that out of my head."

"I would suppose", überlegte Mrs Ellis laut, "that such an anniversary **marks** a **specific** event."

"There was a film, *The Fog*", erinnerte sich Darren. "It was really creepy. It was about …", er unterbrach sich.

Ben kannte den Film auch, er wunderte sich nur, dass ausgerechnet Darren ihn gesehen hatte.

"It was about a ship, about death and revenge", erklärte er in aller Kürze die Handlung. Ihn beschlich dabei ein unbehagliches Gefühl.

"What happened to the crews of the **doomed** ships?", fragte Goldwin.



"They were killed", sagte Mrs Ellis.

"Killed?" Darrens Ton überschlug sich.

"We had better **turn back** now." Mrs Ellis tätschelte Darrens Arm. "The tide's coming in." Sie waren ein ganzes Stück in die Gezeitenzone hineingegangen und allmählich war die Sonne in Richtung Horizont gewandert. Trotzdem war es noch so warm, dass sie ihre Jacken ausgezogen hatten.

"Anyway, it's almost teatime", sagte Darren und fügte hinzu: "Although my appetite is gone."

"You'd better have some **nosh**", sagte Ben. "It's going to be a long evening. Maybe even a long night."

Er fand, sie sollten endlich den Keller in Augenschein nehmen, und zwar möglichst unbeobachtet, also am besten nachts.

**to mark** kennzeichnen
**specific** besonders
**doomed** todgeweiht
**we had better** wir sollten lieber
**to turn back** umkehren
**nosh** Imbiss

"I could **see** it **coming**", bemerkte Darren wenig erfreut.
"Somebody should **keep an eye on** Darrens ghost, and the rest of us will go down to the cellar", sagte Ben.
"Count me out", wehrte Mrs Ellis ab. "I'm too old for such **antics**." Sie erbot sich jedoch, in der kommenden Nacht den Strand zu beobachten. Sollten die Lichter wieder auftauchen, würde sie sofort Bescheid sagen.
Sie einigten sich darauf, dass Goldwin Mr Galen beschatten sollte, während Ben und Darren sich im Keller umsahen.
"**Don't bother with** garlic this time", meinte Ben zu Darren und hielt sich die Nase zu. "It was really too much."
"No garlic this time – the **chambermaid threw** it **out**", verkündete Darren miesepetrig. "Anyway, I don't care much for cellars. I could **shadow** Mr Galen instead", schlug er vor.
"No!!", entgegneten Ben und Goldwin mit Nachdruck und Ben fügte hinzu: "Another **bump** on the head and Mr Galen will **sue** us **for damages**."
"What's that?" Goldwin deutete auf eine Vertiefung am Fuß eines der Felsen, die bei Flut im Wasser standen, jetzt aber bis zum Grund sichtbar waren. Durch die tief stehende Sonne traten ihre Schatten deutlich hervor.
"Looks like a cave", meinte Darren.
"Yes, you're right. There are many more along the

**to see sth coming** etw vorhersehen
**to keep an eye on sb** jdn im Auge behalten
**antics** Eskapaden
**to not bother with sth** etw sein lassen
**chambermaid** Zimmermädchen
**to throw sth out** etw wegwerfen
**to shadow sb** jdn beschatten
**bump** Schlag
**to sue sb for damages** jdn auf Schadenersatz verklagen

coast", erklärte Mrs Ellis. "According to legend, they were often used by smugglers as **hiding places** for their **loot**."

"As Merlin the magician knew only too well!" Ben zwinkerte Darren zu. Er glaubte aber nicht, dass es da noch etwas zu entdecken gab.

"Oh, oh ... the water **is rising**!" Goldwin ging schneller, um dem Meer auszuweichen, das langsam, aber stetig anstieg.

Den Rückweg brachten sie schweigend hinter sich, und als sie Villebroke House erreichten, sahen sie "Darrens Geist" um die Ecke biegen. Um Galens Kopf lag noch immer der Verband und unter seinem Arm klemmte ein Buch. Ben schielte nach dem Titel, doch Mrs Ellis kam ihm zuvor.

"**Hidden treasures**, Mr Galen? Which treasure are you looking for?"

Der angebliche Historiker wurde blass, fing sich aber gleich wieder.

"The book is a present for my **nephew**. There's nothing more fascinating for boys his age." Er zeigte ihnen ein Haifischgrinsen. "What about you? Are you in good health?" Die Frage galt der älteren Dame. Ein plumpes Ablenkungsmanöver, und Ben war klar, dass jetzt ein blöder Kommentar folgen würde. Er wurde nicht enttäuscht. "The hotel should give out **protective headgear**."

"How funny", lachte Mrs Ellis auf. "**Guess what?** I don't know a **single humorous**

**hiding place** Versteck
**loot** Beute
**to rise (rose, risen)** ansteigen
**hidden** verborgen
**treasure** Schatz
**nephew** Neffe
**protective headgear** schützende Kopfbedeckung
**Guess what?** Wissen Sie was?
**single** einzig
**humorous** humorvoll

historian. Such people are usually **dry as a bone**", erklärte sie ernsthaft nickend.
Das war eine gut getarnte Beleidigung. Ben biss die Zähne zusammen und schaffte es, nicht zu grinsen. Goldwin hüstelte und Darren machte eigenartige undefinierbare Geräusche.
Als der unangenehme Peter Galen verschwunden war, verabschiedete sich auch Mrs Ellis. Sie würde die Nachtwache übernehmen und wollte sich vorher noch ein bisschen ausruhen.
"If the cellar gives us no further clues, then we ought to **have a word with** Mr Riley." Ben wusste, was er gehört hatte, und das klang, es gäbe es von dieser Stelle noch mehr zu erfahren. Die Frage war nur, ob Mr Riley der gleichen Meinung war und sein Wissen mit ihnen teilen würde.

**dry as a bone** knochentrocken
**to have a word with sb** mit jdm reden
**tiny** winzig
**to lurk** lauern

Spät in der Nacht, als endlich Ruhe im Herrenhaus eingekehrt war, klopfte Ben leise an Darrens und Goldwins Türen. Darren hatte zum Glück keine Gelegenheit gehabt, sich frischen Knoblauch zu besorgen. Allerdings war er unentschlossen, ob er auch auf sein Kruzifix verzichten konnte.
"Maybe you can take something smaller with you? How about a neck chain?", fragte Ben.
"Too **tiny**", meinte Darren und es klang, als wäre gerade die Größe von immenser Bedeutung. Goldwin hielt sich kichernd eine Hand vor den Mund. "You never know where danger **lurks**", verteidigte sich Darren.
"Boo!", machte Ben. "We'll be careful", versprach er.

"I fear no human", erklärte Darren herablassend.
"Well, good luck", wünschte Goldwin.
"Make yourself as invisible as possible", schärfte Ben ihm ein.
Von jetzt an war Goldwin auf sich allein gestellt. Während er lautlos nach oben schlich, bewegten sich Ben und Darren leise die Treppenstufen hinunter.
Die Nachtlampe erhellte lediglich ein kurzes Stück, dann wurde es düster. Ben schaltete die Taschenlampe ein. Am Treppenabsatz angekommen, setzte er vorsichtig einen Fuß auf und zog ihn gleich darauf wieder zurück.
"Anything wrong?", fragte Darren.
"Nothing", gab Ben zurück. "It could well have been wet here, but it isn't."
Ben drehte am Knauf der Kellertür, öffnete sie und lauschte ins Dunkel. Es war kein Laut zu hören. Er leuchtete mit der Taschenlampe nach unten. Die Steinstufen glänzten nicht gerade einladend im Schein der Lampe.

**curious**
neugierig

"I think we'd better not go downstairs." Darren schüttelte den Kopf, um seine Aussage zu bekräftigen. "Somebody *was* here. Everything's wet."
"That's why I want to go." Ben wollte unbedingt sehen, wohin die Spuren führten und was sie am Ende erwartete. "Aren't you a little bit **curious**?", fragte er den Freund.
"No, I'm not. Instead, I'm worried about our safety", betonte Darren. "Or do you still believe in leaking roofs?"

Ben zuckte die Schultern. "I don't know whether I ever really believed in that. This here is much more **thrilling**!"

"Yes, it's really exciting. And my wet feet agree", murmelte Darren. Ihre Turnschuhe schmatzten auf dem wassergetränkten Lehmboden und die von Darren waren offenbar durchlässig, was seine ohnehin gereizte Stimmung nicht gerade verbesserte.

Der Keller bestand aus massiven Ziegelwänden, soweit Ben das beurteilen konnte. Und davor standen Regale mit Einmachgläsern.

"What now?" Darren deutete auf das Sammelsurium. "Dead sure I won't touch anything. This here", er zeigte auf ein Glas, dessen Inhalt ziemlich unappetitlich aussah, "looks like **severed** fingers." Er schüttelte sich.

"Come on, Darren, don't be silly!"

Ben bog um eine Ecke und stand plötzlich im Trockenen. Das Licht seiner Taschenlampe fing sich im Glanz einer Goldmünze.

Darren starrte auf diese neueste Hinterlassenschaft. "If we stay a few weeks longer, every one of us will be able to **afford** his own hotel", spottete er.

"Of course the coins are **valuable**, but I guess we'd need quite a few more to buy a hotel." Ben gab Darren die Goldmünze in die Hand. "Whoever left it behind, he'll **lead** us to **the heart of the matter**." Ben war jedenfalls felsenfest davon überzeugt.

"The captain of the Sea Falcon? Who else could it be?

**thrilling** aufregend
**severed** abgetrennt
**to afford sth** sich etw leisten
**valuable** wertvoll
**to lead (led, led)** führen
**the heart of the matter** der Kern der Sache

Still, we know that he's dead." Darren war von gar nichts überzeugt. "What was his name? Did it appear on the list?"
"Timothy William Bonaventure."
"I'm glad there are no wreckers among my **ancestors**", sagte Darren.
"Me too", gab ihm Ben recht. Er war enttäuscht. Von den Kellerräumen hatte er sich mehr erwartet als ein bisschen Wasser auf dem Boden und eine weitere Goldmünze. Aber soweit er im Schein der Taschenlampe feststellen konnte, gab es sonst keine Auffälligkeiten. Und so traten sie den Rückweg über die nassen Stufen an.

**ancestor**
Vorfahr
**suspiciously**
verdächtig
**glass jar**
Einmachglas
**to change sth**
etw wechseln
**preserve**
Eingemachtes
**runner bean**
Stangenbohne



"It's so quiet", sagte Darren, als sie wieder in der Hotelhalle standen. "**Suspiciously** quiet."
Ben war eher erleichtert. So würde niemand unangenehme Fragen stellen. "Let's see if everything is just as quiet with Goldwin and Mrs Ellis", sagte er.
Sie stiegen die Treppe in den 1. Stock hinauf und hinterließen dabei feuchte Fußabdrücke auf den Stufen.
"Hey, how did it go?", raunte eine Stimme. Goldwin hockte auf der obersten Treppenstufe. "Did you find anything? You were down there a long time."
"Not much to report, apart from severed fingers in **glass jars**. That's what we got our feet wet for." Darren schüttelte seine Schuhe. "Guys, I really must **change** my socks."
"Severed what?", fragte Goldwin entsetzt.
"Nonsense! The cellar is full of **preserves**. Including white **runner beans** in glass jars", stellte Ben richtig.

**to go on the rampage** Amok laufen
**puddle** Pfütze
**trail** Spur
**to turn up** auftauchen
**to be fast asleep** tief schlafen
**to snore** schnarchen
**bandaged up** verbunden
**to keep an appointment** einen Termin einhalten
**witching hour** Geisterstunde

"Just Darren's imagination **going on the rampage** again."

"But my cold feet *are* for real", bemerkte Darren.

Ben winkte ab. "There were some **puddles** down there, just like the other evening along the corridor. And another gold coin marked the end of the **trail**." Er langte in seine Hosentasche.

"Great, we're slowly getting rich", sagte Goldwin übermütig.

"I wonder if more coins will **turn up**", meinte Ben. "We didn't find anything else down there. No idea what Mr Galen's looking for. How about you?", fragte er Goldwin.

"Darren's ghost **is fast asleep**, you can hear him **snoring** all the way up the corridor. At first I thought he might be pretending and playing a tape or something. So I had a look."

"You went into his room?" Ben staunte. "How?"

"I was lucky, he forgot to lock the door from inside." Goldwin grinste. "In fact, our friend goes to bed with his head **bandaged up**. But you won't believe this … it's crazy, really." Er machte eine Kunstpause.

"What's it? Come on, out with it!", drängten Ben und Darren gleichzeitig.

Goldwin genoss sichtlich die Aufmerksamkeit, bevor er seine haarsträubende Neuigkeit preisgab: "Guys, we have an **appointment to keep** at the **witching hour**."

# Kein Friede den Toten

"What do we have?" Ben traute seinen Ohren nicht.
"And who are we meeting?", fragte Darren misstrauisch.
"Mr Riley. In exactly …", Goldwin warf einen Blick auf seine Armbanduhr, "… thirty minutes. This time you really do need the crucifix, Darren."
"W-why?", stotterte Darren.
"Don't be so mysterious. Do you know what Mr Riley wants?" Ben setzte sich neben Goldwin auf die Stufe.
"He appeared out of nowhere and **pressed** this into my hand." Goldwin griff in seine Jeanstasche und zog einen Zettel heraus.

*If you have the* ***guts****, come to the* ***boneyard*** *at midnight. Then you can learn about the* ***atrocities committed*** *by the wreckers – and why these* ***gravestones*** *bear evil names.*

Darunter war eine Zeichnung, die den Weg zum Friedhof wies.
"And then he **vanished into thin air**. I had no time to ask him anything at all", versicherte Goldwin.
"He said *boneyard*, right?" Darren pulte mit einem Finger in seinem Ohr herum.
Ben zog ihn unerbittlich heraus. "One for all and all for one, remember?", sagte er direkt in Darrens Gehörgang.

**to press** drücken
**guts** Mumm
**boneyard** Totenacker
**atrocity** Gräueltat
**to commit** verüben
**gravestone** Grabstein
**to vanish into thin air** sich in Luft auflösen

"I think I ought to see how Mrs Ellis is doing", kündigte Darren an.
"We'll go together. But first put on some dry clothes."
Ben und Goldwin begleiteten den murrenden Darren auf dessen Zimmer. Darren kickte die Schuhe fort und zog sich in Windeseile die durchnässten Socken von den Füßen. "Just horrible", kommentierte er Mr Rileys Brief. "**We might as well** ..."
"Just don't **bug** Mrs Ellis to come along, okay?", sagte Ben. "Promise!", forderte er Darren auf.
Darren ließ sich Zeit. "Okay. I promise", antwortete er schließlich zögernd.
Ben konnte sich lebhaft vorstellen, dass Darren genau das im Sinn gehabt hatte. Aber eine ältere Dame zur Geisterstunde auf den Friedhof zu lotsen, das ging gar nicht, fand er. Sie könnten Mrs Ellis auch hinterher noch Bericht erstatten.

**we might as well** wir könnten ebenso gut
**to bug sb** jdn nerven
**old geezer** alter Kauz

Darren griff nach seiner Geisterabwehrwaffe und die drei zogen los. Vorerst allerdings nur ein paar Zimmer weiter.
Mrs Ellis öffnete gleich nach dem ersten Klopfen. Sie hatte sich einen Lehnstuhl vor das Fenster gerückt, auf einem kleinen Beistelltischchen stand eine große Porzellantasse in Reichweite.
"What's new?", fragte sie gespannt.
Unterstützt von Goldwin und unterlegt mit Darrens Kommentaren, erzählte Ben, was sie im Keller des Hotels *nicht* gefunden hatten und wer sie nun stattdessen auf dem Friedhof erwartete.
"It must have cost the **old geezer** something of an

**effort**", meinte sie belustigt. "Darren, are you really going to take that crucifix with you? There are quite enough of them in a **cemetery**. Cornwall has a Celtic culture and so it has the most beautiful crosses." Sie gab Darren noch eine Losung mit auf den Weg: "'Be **pure and true**, **face** danger without **dread**, never fear!' These words are not mine, the **author** is **unknown** but they **light up** the darkness a little bit." Sie schenkte Darren ein Lächeln.

**effort** *hier:* Überwindung
**cemetery** Friedhof
**pure and true** offen und ehrlich
**to face sth** einer Sache entgegentreten
**dread** Furcht
**author** Autor(in)
**unknown** unbekannt
**to light up sth** etw aufhellen

Ben hatte Mr Rileys Plan in der einen Hand, in der anderen die Taschenlampe. Sie mussten den Hügel seitlich von Villebroke House hinaufgehen, vorbei an der dämonischen Figur auf dem Sockel, um die Ben Darren zuliebe einen weiten Bogen machte. Dahinter schlängelte sich ein schmaler, von Hecken gesäumter Pfad wieder bergab. Es war sehr dunkel, kein Mond war am Himmel zu sehen, nur ein paar Sterne blinkten schwach. Ben fiel auf, dass sie zwar durchs Gelände gingen, sich dabei aber langsam dem Meer näherten. Er hörte die Brandung und in einiger Entfernung knackte etwas.

Mit einem Mal wurden sie von dichtem Nebel eingehüllt. Ben sah die Hand vor Augen nicht mehr.

"Ben?" Darrens Stimme klang verzerrt, als würde jemand versuchen, ihm den Mund zuzuhalten.

"Try to stay behind me!", rief Ben.

"Darren, give me your hand!" Das kam von Goldwin.

"My hands are full", rief Darren zurück.

Na klar, der musste ja unbedingt sein Kreuz mitschleppen, dachte Ben. Er tappte weiter voran. Die gefährlichen Klippen waren doch auf der anderen Seite, oder?

Ein mächtiger, turmähnlicher Schatten tauchte vor ihnen auf, er schien direkt aus der Erde zu wachsen. Ben verschluckte sich fast an seiner eigenen Spucke. Er schob den Plan in die Hosentasche und streckte seine Hand aus. Sie berührte kühlen Stein. Die Kapelle.

Der Nebel schien sich ein wenig zurückzuziehen. Die verhüllten Gespenster, die ihre dünnen, toten Arme nach ihnen ausstreckten, wurden allmählich wieder zu Bäumen. Gerade als die drei Freunde durch das Friedhofstor traten, verklang irgendwo in der Ferne der zwölfte Glockenschlag.

Der kleine Friedhof war von einer Steinmauer eingefasst. Die Grabsteine wirkten, als hätte man sie willkürlich aufgestellt, manche waren zu einem Teil in der Erde versunken.

"I tell you, it's just like in that movie!" Darrens Stimme war nicht viel mehr als ein heiseres Flüstern.

Es war wirklich unheimlich, fand auch Ben. Aber wenn er das jetzt laut sagte, dann waren sie geliefert.

In einiger Entfernung tauchte vor ihnen aus der Düsternis eine Gestalt in einem langen Mantel auf.

"Mr Riley …" Ben bemühte sich, nicht ängstlich zu klingen.

Die Gestalt wandte sich ihnen zu und jetzt sah Ben auch einen Hund. Die Gestalt kam näher.

"Hey, that's not Mr Riley. Damn, it's the ghost!!!"

Darren verharrte bewegungslos auf der Stelle und hielt das Kruzifix ausgestreckt vor sich hin.
"Let's hope Mr Riley is alright. Oh my God, do you ...?" Goldwin schluckte hörbar.
Ben riss sich zusammen und versuchte, Haltung zu bewahren. Es war schließlich nicht ihre erste Begegnung mit einem Geist.
Irgendwo erklang ein Schrei. Darren wirbelte herum und verbarg sich flüchtend hinter einem der Grabsteine.
"Mr Riley?" Goldwins Flüstern hätte allerhöchstens eine der Friedhofsratten orten können.
"That was no **human cry**. An owl, maybe."
Ben schüttelte sich. Und als er das nächste Mal hinsah, waren Herr und Hund verschwunden. Wie vom Nebel verschluckt. "Come out, Darren. He's gone."
Neben Ben bewegte sich etwas und der Freund kroch hinter dem Grabstein hervor. "We should get out of this graveyard as quickly as we can", drängte Darren und scharrte mit den Schuhen unruhig auf dem Boden.
"First we have to find Mr Riley. We owe it to Mrs Palmer. I feel **uneasy** too but we ought to try and find out what the captain wanted at the cemetery", sagte Ben.
"Ah, there you are!", sagte plötzlich eine knorrige Stimme hinter ihnen.
"**Get thee behind me!**" Darren erhob das Kreuz.
Jetzt lachte dieser Jemand.
"Mr Riley? Thank God you're alive!" Darren ließ sich erleichtert auf den Boden fallen. "We thought you might well be ... dead."

**human** menschlich
**cry** Schrei
**uneasy** unbehaglich
**Get thee behind me!** Hinweg von mir!

"Had a bad dream, did you?" Mr Riley beugte sich zu Darren hinunter.
"We all had a bad dream", sagte Ben und erzählte Mr Riley von ihrer unheimlichen Begegnung.
"The captain was here at the cemetery?", erkundigte sich Mr Riley aufgeregt.
"Timothy William Bonaventure and his dog, **to be precise**", gab Ben zurück.
"So, now you know what it's about. Well done, I didn't expect you to **figure it out**." Mr Riley klang zum ersten Mal ganz und gar nicht spöttisch, sondern ehrlich beeindruckt. Er reichte Darren eine Hand, um ihm aufzuhelfen. "It's pretty cold down there."



"Thank you", sagte Darren.
"He's the ghost of the captain of the Sea Falcon, right? He's the one who leaves trails of seawater in the hotel corridor. The men who lured the Sea Falcon towards the rocks, they're long dead and buried", fasste Ben das Unfassbare in Worte. "Does he want revenge on the descendants of those **murderers**? And how can he know who those men were?" Ben glaubte nicht, dass es von ihnen auch eine Liste gab. Nicht wie die der Reedereien von einer Schiffsbesatzung.
Mr Riley zögerte. "One of them was my grandfather", sagte er schließlich. "Come with me and I'll show you what those men did."
"I don't feel well." Darren war beinahe so weiß wie der Cheddar-Käse vom Frühstückstisch, und das lag ganz bestimmt nicht an seinem Blutzucker.

**to be precise** genau genommen
**to figure it out** dahinterkommen
**murderer** Mörder(in)

"One can tell that by looking at you", meinte Mr Riley nach einem knappen Blick auf Darren.
Die drei Freunde folgten dem älteren Mann zwischen den Gräbern hindurch, um schließlich am anderen Ende des Friedhofs Halt zu machen.
"It was a night in May. To be precise, it was the seventeenth of May in the year 1860 when the Sea Falcon, and all those aboard, met with doom."
"The seventeenth of May. That's in three days' time", rechnete Darren geschockt.
"The anniversary!", flüsterte Ben.
"Precisely", bestätigte Mr Riley. "And the right time for revenge. Because we're all **guilty**." Er deutete auf die Reihe der Gräber. "Nothing but **lies**. At that time, no-one named *Sunquist* or *Burrows* lived here." Mr Riley las einige der Namen vor.
Ben blickte auf die Steine. Angeblich handelte es sich um Familien aus dem Dorf, die allesamt an Flecktyphus gestorben waren. Typhus, das hieß hohes Fieber, Durchfall, Hautausschlag. Im 19. Jahrhundert verlief diese Krankheit oftmals tödlich.
"Typhus killed lots of people back then", bekannte Mr Riley. "But not those who lie in these graves."
"Are you saying that the crew of the Sea Falcon was murdered and buried under false names?" Ben wurde kalt. Er sah seine Freunde an.
"Your grandfather was a murderer?" Darren schnappte ungläubig nach Luft.
"You can hardly **be blamed for** what he did more than a hundred years ago", versuchte Goldwin es mit Logik.

**guilty** schuldig
**lie** Lüge
**to blame sb for sth** jdm die Schuld an etw geben

"Yes, but we've done nothing to **make good** what happened back then", sagte Mr Riley. "To this day, the families of the dead don't know the truth about how the Sea Falcon met her fate." Der alte Mann senkte reumütig den Kopf.

"Are you scared?", fragte ihn Darren und überraschte sie alle, als er für Mr Riley Mrs Ellis' Leitspruch des unbekannten Autors vortrug: "Be pure and true, face danger without dread: never fear!"

"Not bad for a **chicken**!" Mr Riley klopfte Darren anerkennend auf die Schulter.

"What happened to Timothy William Bonaventure, is he here too?", fragte Goldwin.

"The captain was the first to die. Hit by a **pistol bullet**. Bonaventure tried to protect his crew. He thought he would be able to **negotiate**, but wreckers are not **honourable men**. The waves took his body. There is a dangerous **undercurrent** out there." Mr Riley zeigte hinaus auf den trügerisch ruhigen Atlantik.

**to make good** wiedergutmachen
**chicken** Feigling
**pistol bullet** Pistolenkugel
**to negotiate** verhandeln
**honourable man** Ehrenmann
**undercurrent** Unterströmung
**to ease one's conscience** sein Gewissen erleichtern
**to write down** aufschreiben

"How do you know that?", wollte Ben wissen.

"I found my grandfather's diary. I imagine he probably wanted to **ease** his **conscience** by **writing down** what happened on that horrible night. He also drew a map to mark the spot where the Sea Falcon went down."

Ben kam ein Gedanke. "That phrase in the letter, 'The dead sometimes come back to life', that was you, right?"

Es waren die Worte, die ihnen allen unter die Haut gegangen waren und die Darren dazu veranlasst hatten, sich mit dem Kruzifix zu bewaffnen. "That's why Mrs Palmer couldn't recall ever having written those words.".

"Quite so – yes, it was me. It was a kind of **bait**", bestätigte Mr Riley. "But tonight I started to think that your coming here was not such a bad thing after all." Das kam einem Kompliment verdammt nahe, fand Ben.

"Could we take a look at the diary, Mr Riley?" Die Frage drängte sich geradezu auf, aber dass sie ausgerechnet von dem lesefaulen Darren gestellt wurde, grenzte an eine Sensation.

"Our friend has **fever**, I'd say", mutmaßte Ben und legte Darren eine Hand auf die Stirn.

"I agree", bestätigte Goldwin. "Darren, who learns poems **by heart** and asks to read a book. **Incredible**!"

"Hey, I'm okay", wehrte sich Darren beleidigt.

"He's a bit **pale**", stimmte der alte Mann Ben und Goldwin zu. "Come on, let's go back." Mr Riley ging voraus und seine Stimme wurde teilweise von den Nebelschwaden geschluckt.

"… you can … diary … careful with it." Er wandte sich um. "The map is at the back of the diary. If I were younger, I would **dive** down to the wreck", sagte er.

Ben hatte sofort den Helmtaucher vor Augen.

"Diving is not our **strong suit**", meinte Goldwin mit einem bedauernden Unterton.

"A scary thought, a **skeleton** lying on the **seabed**." Darren schauderte.

**bait** Köder
**fever** Fieber
**by heart** auswendig
**incredible** unglaublich
**pale** blass
**to dive** tauchen
**strong suit** starke Seite
**skeleton** Skelett
**seabed** Meeresgrund

"In my younger days I always thought I'd be the one to find the cave and the wreckers' treasure my grandfather told me about", sagte Mr Riley seufzend. "It does **exist**."

Bens Puls raste und sein Mund war ganz trocken geworden.

**to exist** existieren
**penitence** Reue
**to drag sb down** jdn hinunterziehen
**depth** Tiefe
**forgiveness** Vergebung
**to grant a request** eine Bitte erfüllen

In dieser Nacht las niemand mehr in Gordon Rileys Tagebuch. Dafür saßen die Freunde zusammen mit Mrs Ellis in der Hotelküche. Sie ließen sich nicht lange bitten, Mrs Ellis ihre mitternächtlichen Erlebnisse auf dem nebligen Friedhof zu berichten.



Ben erzählte von den Schreckminuten, als sie dem Kapitän der Sea Falcon beinahe gegenübergestanden und geglaubt hatten, der Geist hätte sich Mr Riley geschnappt. "Do you know what I think? From what you told me, it seems to me that what the captain wants is **penitence** rather than revenge. Otherwise he could have come for Mr Riley a million times already by now."

Ben ließ sich das durch den Kopf gehen. Und wenn es stimmte, dass Mr Riley der einzige noch lebende Nachfahre der Strandräuber war …

"To come for him", wiederholte Darren. "And **drag** him **down** to the **depths**?"

"Well, I can't put myself into the mind of a ghost, but I would say that it's time for the truth. Whoever asks for **forgiveness** should be **granted** his **request**. Mostly", war Mrs Ellis überzeugt.

# Tagebuch eines Mörders

Als Ben, Goldwin und Darren am nächsten Morgen zum Frühstück hinuntergingen, lag auf ihrem Tisch ein kleines, braunes Päckchen. In einer krakeligen Schrift stand darauf zu lesen: *Lorimer, Bergmann & Nellson, famous detective agency*.

"Is this what I think it is?", fragte Goldwin und grinste übers ganze Gesicht.

"We'll open it later", schlug Ben vor. "Just in case somebody's watching. Nobody needs to know that we may be holding the key to a treasure."



"Oh, Ben!" Darren verzog das Gesicht. "First we should read the diary."

Ben konnte es kaum abwarten und verschlang sein Frühstück vor lauter Neugier in Rekordzeit.

"**What's up?**", fragte er anschließend und trommelte mit den Fingerspitzen auf die Tischplatte.

**What's up?** Wie sieht's aus?

**to get on sb's nerves** jdm auf die Nerven gehen

**to beat sb to it** jdm zuvorkommen

Goldwins und Darrens Teller waren noch immer gut bestückt. Die beiden schienen keine Eile zu haben.

"I could pack a few things together", sagte Ben und schob seinen Stuhl zurück.

"It's okay, wait", Goldwin lud sich den Rest Rührei auf seine Gabel und raunte Darren zu: "He**'s getting on** my **nerves**!"

"Maybe, but we surely don't want Darren's ghost to **beat** us **to it**", gab Ben zurück.

"You think that Mr Galen is also **searching for** the treasure?", fragte Darren alarmiert.
"He must have a **theory**. He might be **in possession** of old documents."

Nach dem Frühstück baten sie Mrs Palmer, das Kaminzimmer für eine ungestörte Besprechung benutzen zu dürfen, und diese überließ ihnen gern den kleinen Raum.
"It's a bit like home", fand Goldwin und setzte sich in einen der bequemen Ledersessel.
"You asked, so you have the **honour** of speaking", sagte Ben und übergab Darren das Päckchen mit dem Buch.
Der schaute sekundenlang nur auf das braune Papier, bevor er tief Luft holte und das Tagebuch vorsichtig auspackte. Es war eine unscheinbare Kladde mit schwarzem Pappeinband, der an den Rändern und am Buchrücken stark abgestoßen war und an der Unterkante ein wenig ausfranste.
Er schlug die erste Seite auf – und gleich darauf wieder zu. "Um, I can't read that."
Darren gab das Buch frustriert an Ben zurück.
"Oh dear!", lautete dessen wenig begeisterter Kommentar kurz darauf. Die Handschrift des Mannes war zittrig, als hätte er sich beim Aufschreiben gefürchtet.
"No problem for you, right?", fragte Goldwin.
Die ersten Seiten waren die schlimmsten. Ben stockte bei jedem Wort, als hätte er gerade erst lesen gelernt.

**to search for sth** nach etw suchen
**theory** Theorie
**in possession** im Besitz
**honour** Ehre

Er blätterte von der ersten bis zur letzten beschriebenen Seite, um zu sehen, durch wie viel Text er sich würde hindurchquälen müssen.

"Your**'re squinting** like my grandma used to when she forgot to put on her glasses", behauptete Darren und lachte.

"Thanks a lot", sagte Ben trocken. "We'd better ask Mrs Ellis", schlug er vor. Für eine Lehrerin war es bestimmt einfacher, die mussten schon von Berufs wegen viele unterschiedliche Handschriften entziffern können.



Die Augen der älteren Dame leuchteten auf, als Ben ihr seine Bitte vortrug. "If you've nothing better to do", fügte er hinzu.

"Even if I had, I wouldn't want to **miss out on** this", erklärte sie und ging mit ihm zu den anderen ins Kaminzimmer hinüber.

"Thank you, we're really glad", versicherte Darren. "I couldn't **make out** a word, and Ben even less so."

Mrs Ellis hatte kein Problem, Gordon Rileys Schrift zu lesen. "It's pretty **scrawly** stuff, but I**'ve deciphered** worse **handwriting** in my time", meinte sie und lehnte sich bequem zurück.

"**Here we go**. *These are the words of a* ***robber*** *and murderer. May God have* ***mercy*** *on my soul*", begann sie.

Ben, Goldwin und Darren lauschten Seite um Seite der schauerlichen Geschichte von Mr Rileys Großvater. Die Wärme des Kaminzimmers umgab sie, doch Ben

**to squint** schielen
**to miss out on sth** sich etw entgehen lassen
**to make out** *hier:* lesen
**scrawly** kritzelig
**to decipher** entziffern
**handwriting** Handschrift
**Here we go.** Dann mal los.
**robber** Räuber
**mercy** Erbarmen

war ganz bei dem Verfasser des Tagebuchs und er wusste, dass es Darren und Goldwin nicht anders ging. Es war eine stürmische Vollmondnacht im Mai 1860. Um ihn her toste die See und ein Heulen wie aus tausend Kehlen drang beängstigend intensiv an sein Ohr. Er lief über die gefährlich rutschigen Klippen, schmeckte das Salz auf den rissigen Lippen. Gischt spritzte weiß auf.

"*The men of the Sea Falcon tried to come* ***ashore***", las Mrs Ellis. *"But there was no* ***escape*** *from us. That night we* ***dug*** *graves in the cemetery for the bodies. Their eyes* ***haunt*** *me still, and I'll never forget their words: 'Your* ***greed*** *will bring you no luck, only death. One of us will return.'"* Die Lehrerin legte sich eine Hand aufs Herz. "That's horrible. I need a few minutes to **recover** from this", bat sie.

"Good idea, I feel sick too", warf Darren ein. "We're just at the beginning and **it gives me cold shivers** already."

"I feel like I was there", bekannte Goldwin. "Worse still, as if I were one of them."

"It's true. One of them did come back", sagte Ben mit leiser Stimme. Und wie schon bei ihrer letzten Begegnung mit einem Geist überlegte er, dass es immer etwas gab, um eine ruhelose Seele zu erlösen. "We must do something!"

"Like what?" Darren verstand nicht.

Mrs Ellis nickte. "There *is* something we could do",

**ashore** an Land
**escape** Entrinnen
**to dig (dug, dug)** graben
**to haunt** heimsuchen
**greed** Gier
**to recover** sich erholen
**it gives me cold shivers** es läuft mir kalt über den Rücken

sagte sie. "Give the men their identity, give them back their names."
"And what about Timothy William Bonaventure? He's lost in the depths of the bay, all alone."
"*All alone* isn't quite right", meinte Darren. "He was with a small dog."
"Gordon Riley has prepared a map." Mrs Ellis faltete vorsichtig das alte Dokument auseinander, das lose in das Buch eingelegt war.
"The cross marks the spot where the Sea Falcon sank. For a **trained diver**, with the right **equipment**, it should be possible to reach the wreck."

"Too bad I can't do that", bedauerte Goldwin.
"My nephew is a detective with the **London Metropolitan Police**", fügte Mrs Ellis erklärend hinzu. "After all, this is about a crime. The diary **proves** it. And there's no **statute of limitations** for murder."
"You mean the detective might take on such a very old case?", fragte Goldwin.
"Well, we already know who the **perpetrators** were. There it is in black and white. And for the families of the **victims** it's important to know what happened back then", fand Mrs Ellis.
"I expect no happy ending, but actually, we still don't know the ending, do we?" Darren rückte mit seinem Sessel näher ans Feuer.
Sie waren gespannt zu hören, was auf den letzten Seiten stand. Mrs Ellis las weiter und Ben, Goldwin und

**trained** geübt
**diver** Taucher(in)
**equipment** Ausrüstung
**London Metropolitan Police** Londoner Polizeibehörde
**to prove** beweisen
**statute of limitations** Verjährungsfrist
**perpetrator** Täter(in)
**victim** Opfer

Darren erfuhren, welche Ängste Gordon Riley und die anderen ausgestanden hatten.

*"In our cave, we swore that no human hand should ever touch the gold again. Our* ***lips*** *are not all that* ***are sealed****. And so we thought the curse wouldn't* ***strike*** *us. But yesterday I saw the captain and now I know my time has come."*

**lips** Lippen
**to seal** versiegeln
**to strike (struck, stricken) sb** jdn treffen
**stolen** gestohlen
**hint** Hinweis
**quest** Suche
**to bring down a curse on oneself** einen Fluch auf sich laden

Als Mrs Ellis das Tagebuch zuklappte, sagte sekundenlang niemand etwas.

"Can it be true?" Goldwin schüttelte den Kopf. "I mean the **stolen** gold. People really used to believe in such curses?"

"Yes, indeed", bestätigte Mrs Ellis. "And not only in the past, they still do so even today."

"It could be a **hint** as to the hiding place." Ben hatte das Gefühl, in diesem letzten Absatz stecke ein Rätsel. "'Our lips are not all that are sealed'", wiederholte er. "If we're lucky, then nobody has found the treasure yet." Ben gestikulierte lebhaft. Sie würden sich auf Schatzsuche begeben! Und wenn Mrs Ellis ihren Neffen davon überzeugen könnte, dass dort unten ein altes Wrack und die Überreste eines Menschen lagen, dann … ja, was dann? Ben wollte jedenfalls unbedingt noch einmal zum Strand hinuntergehen.

"But where should we begin our **quest** for the gold? And what if the curse strikes us?" Goldwin klang allerdings nicht allzu besorgt, die Neugier überwog.

"I don't want to **bring down a curse on** me. Old or new, it's all the same." Das kam natürlich von Darren.

"The curse doesn't **apply to** us. Besides, we don't intend to keep the gold for ourselves. We'll give it back to the **rightful owners**", erklärte Ben. "By the way, some people pay lots of money for an adventure holiday. We're enjoying one **for free**."

Das konnte Darren nicht überzeugen. "I spend every day in fear for my life. A fantastic holiday indeed. Maybe I should try to get myself one of those neck chains."

"What kind of neck chain would that be?", fragte Mrs Ellis belustigt.

"One with a cross. The other one's too big to take into the cave."

"Perhaps a cross can **shield** you from curses, but it **affords** no **protection whatever** from bad humans", sagte Mrs Ellis und lächelte.

**to apply to sb** jdm gelten
**rightful owner** rechtmäßige(r) Besitzer(in)
**for free** gratis
**to shield sb from sth** jdn vor etw schützen
**to afford** bieten
**protection** Schutz
**whatever** überhaupt

# Botschaft aus der Tiefe

Am liebsten hätten sich Ben und Goldwin sofort auf den Weg gemacht, aber der Wetterbericht verkündete wahre Hiobsbotschaften: für die kommenden Stunden Dauerregen an der Küste.

**for ages** seit Ewigkeiten
**to make a difference** etw ausmachen
**fortunately** zum Glück
**waterproof** wasserdicht

Darren war über die Zeitverzögerung nicht böse. "Tomorrow is another day. The treasure has been missing **for ages**, so now a few hours will **make** no **difference** at all", meinte er. Sie saßen zu dritt in Bens Zimmer und berieten die Lage.

Ben stand auf und ging ans Fenster. Draußen tobte das Meer und schmutziggraue Wellen brachen sich an den Felsen. Es war erst früher Nachmittag, doch die Wolken schluckten fast das ganze Licht.

Er blieb eine Weile stehen und beobachtete, wie der Wind an der Oberfläche des Meeres riss.

"Right now I have a feeling that something's going on out there." Genauer konnte er es nicht erklären.

"Why didn't you just say that you want to go down to the beach?" Goldwin klang wenig begeistert.

"Are you in?", fragte Ben. Allein würde es nicht halb so viel Spaß machen.

"All for one, right?" Darren stellte sich neben Ben und piekte ihn in die Seite. "**Fortunately**, I've packed a change of shoes and a **waterproof** jacket, too", erklärte er. "Besides, vampires don't like daylight and neither do ghosts."

"Good to know", sagte Goldwin und verdrehte die Augen. "What's this vampire stuff all about?", wollte er von Darren wissen.
"Blame the statue on the hill. If you **look hard**, you can see it move." Darren ließ sich von seiner Befürchtung nicht abbringen.
"Don't look hard, then!", empfahl ihm Goldwin.
Ben schlug erst das Tagebuch in das braune Papier ein, bevor er sich selbst wetterfest einpackte.
Er würde es mitnehmen. In seiner Jacke gab es ungefähr hundert Möglichkeiten, etwas zu verstauen. Dort war es sicher. Auf keinen Fall würde er das Buch im Zimmer zurücklassen.



**to look hard**
genau hinsehen

Kaum waren sie im Freien, bekamen sie einen Eindruck von den Naturgewalten. Der Sturm warf sie fast um und der Regen, vermischt mit Sand und Gischt, peitschte ihnen erbarmungslos ins Gesicht. Jenseits der Glasscheibe hatte Ben sich sicher gefühlt und stark genug, um dem Wetter trotzen zu können, doch nun, inmitten des Sturms, war dieses Gefühl buchstäblich weggeblasen.
Darren blickte ständig hinter sich, als befürchte er, dass ihnen jemand folgte. Aber vielleicht drehte er auch lediglich dem Sturm den Rücken zu.
An der Wasserlinie kam Ben sich vor wie in Gordon Rileys Geschichte. Die Brillengläser mit den Händen vor dem Regen schützend, schaute er hinaus auf das aufgewühlte Meer und musste an die gezeichnete Karte denken. Dort draußen auf dem Meeresgrund lag das aufgebrachte Schiff. Irgendwas tanzte zwischen den Wellen. Was war das denn? Eine Art Strudel?

"Look! **Ahead of** us!" Er musste schreien, um gehört zu werden, obwohl die beiden fast neben ihm standen. Jetzt deutete Darren auf dieselbe Stelle. "What's that?"
"Looks like a wooden beam", sagte Goldwin, als das Ding auf sie zutrieb. Da er als Einziger Gummistiefel trug, schnappte er sich einen der langen Äste, die der Sturm von den Bäumen gerissen und überall auf den Felsen verteilt hatte, und fischte nach dem länglichen Holz, das sich beim vierten Versuch tatsächlich in den Zweigen und Blättern verfing und an Land ziehen ließ.
"Sea Falcon", las Goldwin. "How is that?" Er sah Ben an und schüttelte ungläubig den Kopf.
Sie hatten es alle gesehen, es war keine Einbildung. Ein reichlich abartiger Zufall, dass ausgerechnet jetzt der Namenszug aus der Tiefe an die Oberfläche kommt, dachte Ben. Aber er glaubte nicht an Zufälle. Er erinnerte sich, wie er vorhin am Fenster diesen Drang verspürt hatte, unbedingt hinaus und zum Strand zu gehen. Und dann tat er etwas, was er sich später selbst nicht mehr recht erklären konnte. Er formte die Hände um den Mund und brüllte aufs Meer hinaus: "We won't **abandon** you!" Das war ein Versprechen.

**ahead of** vor
**to abandon** im Stich lassen

"There's only the captain out there", sagte Goldwin.
"Probably, and that's the reason why", antwortete Ben. "We should let him know that we'll do everything to ..." Er brachte den Satz nicht zu Ende, weil plötzlich hinter ihnen ein weiteres Donnerwetter losbrach. Eins, das nicht vom Himmel kam.
"Are you out of your mind? It's dangerous out here. And what are you up to, anyway?"

Sie drehten sich fast gleichzeitig um und erblickten "Darren's ghost", Peter Galen, der sich wichtigtuerisch vor ihnen aufbaute. Was wollte der denn hier?
Ben warf einen raschen Seitenblick auf den nassen Sand. Wo gerade eben noch die Holzplanke gelegen hatte, war jetzt – nichts.
"Hello, Mr Galen", sagte Ben, nur um irgendetwas zu sagen.
Darren war inzwischen ein paar Schritte landeinwärts gegangen und stand nun breitbeinig hinter dem angeblichen Historiker. Er wackelte mit dem Kopf und bewegte seinen Zeigefinger tadelnd hin und her. Typisch Darren! Goldwin hatte sich abgewandt und Ben wäre jede Wette eingegangen, dass er versuchte, einen Lachanfall zu unterdrücken.



**to spy on sb**
jdm nachspionieren

Peter Galen bekam davon nichts mit. Ben musste sich zusammenreißen, um eine einigermaßen ernsthafte Miene zu zeigen. "We were on our way back, anyway", rief er und deutete zum Hotel.
Die drei ließen den Mann einfach stehen und marschierten ohne ein weiteres Wort im Eilschritt Richtung Herrenhaus.
Kurz darauf fiel die Eingangstür hinter ihnen ins Schloss.
"Have you noticed that he turns up wherever we go?", fragte Goldwin, als sie im Trockenen waren, und schälte sich aus seiner Regenjacke.
"Maybe he realized that we**'re spying on** him", meinte Darren.

"But perhaps *he's* the **spy**", überlegte Ben, was ein völlig neues Licht auf die Sache warf.
Als Ben den Reißverschluss seiner gefütterten Jacke aufzog, wurde ihm eisig kalt. "This can't be real!", sagte er panisch. Er hatte das Tagebuch vorhin eingesteckt. Ganz sicher.
"**What's the matter?**", erkundigte sich Darren.
"The diary's gone!" Es musste ihm am Strand oder auf dem Weg dorthin aus der Jacke gerutscht sein. "Why do I always have to be the one who **screws** everything **up**!" Ben war völlig fertig. Mr Riley hatte ihn extra ermahnt, darauf aufzupassen. "Damn it all!"
"**Calm down**. We'll find it!", beruhigte ihn Darren.
Die Augen auf den Boden geheftet, suchten sie zu dritt das Gelände ab, jeden Meter, den sie am Nachmittag gegangen waren, aber nirgendwo lag ein braunes Päckchen.
"There were no **ballpoint pens** around at that time; Gordon Riley used a **fountain pen**. Even the best **ink** can't survive that much water!" Ben ballte die Hände zu Fäusten.
"If the book were still out here, we'd have found it already. That means Darren's ghost must have it. He was the only person out here apart from us", sagte Goldwin.
"Well, then at least it won't be lost forever." Diese Möglichkeit war nur die zweitschlechteste. Hauptsache,

**spy** Spion(in)
**What's the matter?** Was ist los?
**to screw sth up** etw vermasseln
**to calm down** sich beruhigen
**ballpoint pen** Kugelschreiber
**fountain pen** Füllfederhalter
**ink** Tinte

Sturm und Regen hatten das Tagebuch nicht vernichtet. Sie gingen zurück ins Hotel. Ein wenig unentschlossen standen sie in der Lobby. Ben nahm die Brille ab und rieb einige Male mit seinem langärmligen Shirt über die Gläser. Der routinierte Bewegungsablauf half ihm sonst immer beim Nachdenken.

Sie sollten sich besser erst einmal umziehen, beschloss er, danach könnten sie gemeinsam überlegen, wie sie weiter vorgehen sollten. Der Verlust des Tagebuchs war allein seine Schuld, daran gab es nichts zu rütteln.

Die Tür ging auf und Peter Galen trat ein, triefnass. Ben, Darren und Goldwin starrten ihn an.



"You don't **care** much **for** books, do you?", fragte er polternd und drückte Ben das verpackte Tagebuch in die Hand. Auf seinem Gesicht lag ein Ausdruck von Zufriedenheit. Aber darauf achtete Ben nicht weiter, in diesem Augenblick hätte er den Mann am liebsten umarmt. Ausgerechnet.

"Thank you, thank you!", sagte er und umklammerte dankbar das Päckchen in dem braunen Papier, das nur auf einer Seite etwas feucht geworden war.

"It's all right", wiegelte Galen ab. "I think I**'ve done** you a bit of **a favour**."

Ben musste ihm recht geben.

"He can't have read it. Not within this short **space of time**", raunte Darren Ben zu. Und genau dieser Umstand kam Ben sehr seltsam vor. Wenn Galen hinter dem Schatz her war, dann musste dieses Tagebuch doch ein gefundenes Fressen für ihn sein. Konnte er womöglich Gordon Rileys Schrift nicht entziffern?

**to care for sth** etw mögen
**to do sb a favour** jdm ein Gefallen tun
**space of time** Zeitspanne

Ben, Darren und Goldwin zogen sich trockene Sachen an, und da nur Goldwin einen Föhn dabeihatte, wechselten sie sich beim Haaretrocknen ab.
Eine gute Stunde später hatte sich der Sturm weitgehend gelegt und mit ihm auch der starke Regen. Als sie in die Halle kamen, begrüßte Mrs Palmer an der Rezeption gerade einen neuen Gast. Sie bedeutete ihnen, dass sie gern ein paar Worte mit ihnen wechseln würde, also warteten sie am Fuß der Treppe.

**to hint** andeuten
**peculiar** eigentümlich
**progress** Fortschritte
**to take some getting used to** gewöhnungsbedürftig sein
**character** Persönlichkeit
**concerning** in Bezug auf
**to be at the bottom of it** dahinterstecken
**inextricably linked** untrennbar verbunden
**for sure** mit Sicherheit

Als der Neuzugang samt Gepäck nach oben gebracht wurde, kam Mrs Palmer auf sie zu.
"I hope you feel at home, and sorry that I'm always so busy. Have you been able to find out what's going on? Colin **hinted**, in his own **peculiar** way, that you've made **progress**. He **takes some getting used to**. He's a bit of a **character**, you know."
We feel really at home here", sagte Ben. "And I think we're on the right track **concerning** the ghost. A lost ship and an old secret, that's what**'s at the bottom of** this." Er wollte noch nicht zu viel preisgeben.
"The present and the past are **inextricably linked** – we can't escape history", meinte Mrs Palmer nachdenklich. "When you buy an old house, you buy its history as well. Maybe you also buy its ghosts."
"I don't know **for sure**, but I would say that you

**definitely inherit** the ghosts", fand Goldwin. Mit alten Gemäuern und Gespenstern früherer Jahrhunderte kannte er sich aus.

Da es gerade eben um Geister ging, nutzte Ben die Gelegenheit, Mrs Palmer nach den Münzen zu fragen. Sie musste davon wissen, und nach dem, was Ben auf der Treppe mitangehört hatte, wusste sie auch vom Erscheinen des Kapitäns. "Mrs Palmer", begann er. "Can you tell us anything about these gold coins?"

**definitely** ganz sicher
**to inherit** erben
**to be serious** etw ernst meinen
**to awaken** wecken

"Gold coins?" Mrs Palmer klang ehrlich überrascht.



Ben, Darren und Goldwin schauten sich verwundert an. Konnte es sein, dass vorher bloß Wasserpfützen aufgetaucht waren, aber nie Goldmünzen?

Ben fischte eine der beiden Münzen aus der Hosentasche, und erzählte der staunenden Mrs Palmer, wo und wie sie sie gefunden hatten und was sie vermuteten.

"**Are** you **serious?** Someone's leaving gold coins behind?", meinte sie. "It always seems to be the same story. Gold **awakens** greed in the minds of people and they want more.".

Greed. Gier. Das stand auch in Gordon Rileys Tagebuch. Genau!

Ben war sich plötzlich ganz sicher: Genau darum ging es. Einerseits. Und andererseits um jemanden, für den dieser Schatz keinerlei materiellen Wert hatte – und das konnte kein Mensch sein. Doch das würde er erst einmal für sich behalten.

# Auf Schatzsuche

Noch am selben Abend packten die drei alles für den nächsten Morgen zusammen. Sie wollten möglichst früh bei Ebbe aufbrechen.
Gordon Rileys Tagebuch lag auf Bens Nachttisch und obenauf die Seekarte mit der markierten Stelle, an der die Sea Falcon gesunken war. Das Meer hatte ihnen heute eines seiner Geheimnisse offenbart. Die Höhle der Strandpiraten musste irgendwo hier an der Küste sein, vermutlich ganz in der Nähe. Es wäre viel zu mühsam gewesen, die Beute sehr weit fortzuschaffen.
Beim Auseinanderfalten der Karte rieselte feiner Sand auf Bens Bettdecke. Schon möglich, dass Galen einen Blick darauf geworfen hatte, dachte er. Aber ohne das Tagebuch gelesen zu haben, konnte mit der Karte doch niemand etwas anfangen, oder?
Der Regen hörte in der Nacht ganz auf, und als Ben bei Sonnenaufgang aus dem Fenster sah, wirkte die Küste friedlich. Er streckte sich. Richtig gut geschlafen hatte er nicht, er war immer wieder aufgewacht und dann hatten die Gedanken in seinem Kopf verrückt gespielt. Trotzdem fühlte er sich jetzt fit und voller Tatendrang.
Sie hatten sich um sechs Uhr zum Aufbruch verabredet. Goldwin war pünktlich, doch von Darren keine Spur.
"He's not in his room." Ben linste über die Brüstung in die Halle hinunter.
"Maybe the vampire **nabbed** him", scherzte Goldwin. "**No kidding**, I think he wanted to get himself something. He might be in the kitchen."

**to nab** schnappen
**No kidding.** Im Ernst.

"**Speaking of** … Mrs Palmer has packed us something for lunch." Ben klopfte auf den Rucksack. "So we definitely won't **starve**."
Sie gingen leise die Treppe hinunter, so früh war außer ihnen noch niemand auf den Beinen.
Darren kam ihnen in der Halle entgegen. "Hello **chaps**." Es klang ziemlich undeutlich, weil er auf etwas herumkaute.
Und nun näherten sich auch von oben verhaltene Schritte. Sie hielten inne und sahen sich an.
"Who could that be?", flüsterte Goldwin.
Da erschien Mrs Ellis auf der Treppe. "Good morning, you early birds. I've got something for you, Darren." Von einem ihrer Finger baumelte eine Kette mit einem antik aussehenden Kreuzanhänger. Sie öffnete den Verschluss, sagte zu Darren "**turn around**, please" und legte ihm die Kette an.
"Really?" Darren grinste.
"Yes indeed", bestätigte Mrs Ellis lächelnd. "**Take** good **care of** yourselves!", mahnte sie. "And don't forget the tide."
"You can be sure of that", versprach Ben. Sie alle trugen ihre Armbanduhren und Ben hatte zudem einen Kompass eingepackt. Er wollte nichts dem Zufall überlassen. Am Abend zuvor hatte er schon Gordon Rileys Tagebuch in ihre Obhut gegeben. Er wollte es nicht noch einmal irgendwohin mitnehmen, wo es möglicherweise verloren gehen konnte.

**speaking of** apropos
**to starve** verhungern
**chap** Junge
**to turn around** sich umdrehen
**to take care of oneself** auf sich aufpassen

Als die drei sich auf den Weg machten, war es noch ziemlich kühl. Trotzdem sah alles danach aus, als würde es ein schöner Tag werden.

**location** Standort
**It might well be.** Das könnte gut sein.

"Before I went to sleep, I took a look at Gordon Riley's map." Ben hatte die Karte vorsichtshalber kopiert, weil das Original zu wertvoll war, um es mitzunehmen. Jetzt drehte und wendete er das Papier. Am Abend zuvor hatte er geglaubt, etwas zu entdecken. "I'm sure it shows the **location** of the cave."
Sie gingen ein Stück am Strand entlang. Das Meer hatte sich zurückgezogen und die grauen Felsen, sonst vom Wasser umspült, ragten jetzt schutzlos gen Himmel. Die meisten waren unterhalb der Wasserlinie mit einem dichten Gestrüpp aus Algen und Schlingpflanzen bewachsen und sahen ein bisschen aus wie Riesenzähne, deren Zahnfleisch sich zurückbildete.
Ben lotste sie zwischen den Felsen hindurch. Der Boden war hier fest und steinig. Irgendwo hier musste die Höhle sein, und selbst wenn der Eingang durch den Bewuchs auf natürliche Weise getarnt war, müsste er eigentlich … Ben stellte den Rucksack ab und verglich zum x-ten Mal ihren Standort mit der Karte.
"Here?", fragte Goldwin.
Ben formulierte es vorsichtig: "**It might well be**."
Darren lehnte sich mit dem Rücken gegen das Dickicht, aber nur für einen Moment, dann drehte er sich um und steckte die Hände in das Gestrüpp.
"Darren, what's this about?", fragte Ben.
"Give me a hand", murmelte Darren. "There seems to be nothing behind it."

Das ließen sich Ben und Goldwin nicht zweimal sagen. Und tatsächlich: Hinter dem Gestrüpp war es hohl. Sie bemühten sich, das Grünzeug beiseite zu schieben, was ohne geeignetes Werkzeug gar nicht so einfach war, aber schließlich hatten sie einen Durchschlupf geschaffen. Dahinter tat sich ein breiter Felsspalt auf.
"That's fantastic", sagte Goldwin. "Just **a stone's throw from** the beach, but so **secluded** that nobody would ever think that this could be the entrance to a cave."
Das Gestrüpp fiel wie ein Vorhang wieder vor den Eingang und es wurde düster in der Höhle.
Halb blind kramte Ben in seinem Rucksack nach den Taschenlampen. Kurz darauf tanzten drei Lichtkegel über die Wände.

**a stone's throw from sth** einen Steinwurf von etw entfernt
**secluded** abseits
**tried and tested** bewährt
**ancient** uralt



Darren fummelte an einem großen Stein am Boden herum. "Pitch-dark as well."
Die drei gingen tiefer hinein in diese Welt aus Stein.
"Hey", rief Darren laut. Zurück kamen zahlreiche "ey, ey, ey …" Er zuckte zusammen und ließ seine Taschenlampe fallen.
"That's just an echo", beruhigte ihn Ben und wollte die Lampe aufheben. Plötzlich hatte er ein Stück Faden zwischen den Fingern. Er leuchtete auf den Boden und dann ein Stück zurück den Weg entlang, den sie gekommen waren. "Darren …"
Der hielt ein Knäuel in einer Hand. "This is a **tried and tested** method from **ancient** times", behauptete er. Offenbar hatte Darren bei jedem Schritt ein Stück

Faden abgerollt. "Just in case we have problems finding the way out."

"That's from **Greek mythology**", versetzte Ben. Der Ariadnefaden war dem Mythos zufolge ein Geschenk der Prinzessin Ariadne an Theseus. Mithilfe des Fadens fand Theseus den Weg aus dem Labyrinth.

"Where did you get that **ball** of string?", fragte Ben.

"I **liberated** it", sagte Darren, "from Mrs Palmer's **sewing basket**."

Die Höhle verzweigte sich vor ihnen. Nach wenigen Schritten hob sich die Decke und sie befanden sich in einer geräumigen Halle, doch schon bald wurde es wieder schmal und die drei mussten wählen, welchen Weg sie einschlagen wollten. Ein richtiges Labyrinth tat sich vor ihnen auf, Tunnel, die sich irgendwo in den Felsmassen verliefen, und schmale Passagen und Durchgänge.

"Wow!", hauchte Goldwin.

Ben leuchtete auf seine Uhr, sie waren nicht einmal zehn Minuten unterwegs. Die meiste Zeit waren sie leicht bergab gegangen, vermutlich befanden sie sich unter dem Meeresgrund, waren also von allen Seiten eingeschlossen.

**Greek mythology** griechische Mythologie
**ball** Knäuel
**to liberate sth** etw befreien
**sewing basket** Nähkorb
**tight** eng

Da verkündete Darren wenig begeistert: "Shit. My ball of string is at its end."

Aber sie konnten jetzt unmöglich umkehren. Dieses Höhlenlabyrinth verbarg einen Goldschatz und Ben wollte ihn unbedingt finden. "Only a little way along here, okay? As soon as it gets too **tight**, we'll give up and go back", versprach er und hoffte, dass sie nicht

unverrichteter Dinge nach Villebroke House würden zurückkehren müssen.
Goldwin nickte. "Well, we've started now."
Und auch Darren stimmte zu. "It would be stupid to go back, now that we found the entrance", sagte er.
Sie gingen weiter. Ben leuchtete jeden Quadratmeter der Felswände ab, er hoffte, irgendeine Veränderung im Fels zu entdecken, irgendetwas, was die beiden bei der Stange halten würde, ganz besonders Darren, der immer als Erster bereit war aufzugeben.
Minuten später stießen sie auf einen weiteren Seitengang. Bens Lichtkegel streifte einen Fleck, etwa in Schulterhöhe, der irgendwie anders aussah als der Rest. Seltsam. Er ging näher heran und strich mit der Hand über die Stelle. Sie war rau, wie zerkratzt. Was war das? Lehm oder eine Art Zement?
"Look at that", sagte er. "That's no **rock face**, for sure."
"You mean somebody built a wall?" Goldwin klang nicht überzeugt. "Why?"
"The cave must **be concealing** something, right? If it were all that easy, the gold treasure would've been found long ago."
Ben hatte in Villebroke House nur einen Klappspaten auftreiben können, der musste genügen. Er öffnete den Klettverschluss seines Rucksacks, während ihm Darren leuchtete. Dabei sah er den Proviant, den Ben obenauf gepackt hatte.
"Wow, is that all for us?", fragte er und schnupperte, als könnte man die belegten Brote durch die Plastikfolie hindurch riechen. "I'm really hungry."

**rock face**
Felswand
**to conceal sth**
etw verbergen

"Can you **restrain yourself** for a short while?", fragte Ben. "I can hardly wait to see what's behind there."
"No problem." Darren zuckte die Schultern.
"I'll make myself useful", sagte Goldwin und richtete die Lampe auf die verputzte Stelle. "Now I'm really curious."
Ja, das war Ben auch. Er nahm den Klappspaten und hieb auf die Wand ein, in der Hoffnung, dass seine Theorie stimmte und es sich dabei wirklich nicht um massiven Felsen handelte. Aber das würde er ja gleich merken.

**to restrain oneself** sich zurückhalten
**brick wall** Ziegelmauer

Zuerst tat sich außer einigen Absplitterungen nicht viel, aber immerhin war bald klar, dass er nicht gegen natürlich gewachsenen Fels klopfte. Sie wechselten sich mit dem Spaten reihum ab und irgendwann geriet die Wand tatsächlich in Bewegung, Ben konnte es unter dem Spaten fühlen. Noch ein paar massive Schläge, dann brachen nach und nach einzelne Stücke heraus und landeten auf der anderen Seite.
"It's a **brick wall**", erklärte Ben aufgekratzt. Er drosch jetzt regelrecht auf die Wand ein, bis ein größeres Loch entstand.
Goldwin und Darren leuchteten mit ihren Taschenlampen hinein. Hinter dem Loch kam Holz zum Vorschein. Es war … eine Tür!
"I can hardly believe it", sagte Goldwin.
"Someone put a lot of effort into this", sagte Ben und drückte nacheinander die gelockerten Ziegelsteine ein. Mit einem Rums brach der Rest der gemauerten

Wand ein und umhüllte Ben, Darren und Goldwin mit einer dichten Staubwolke.
"Phew!" Ben nahm seine Brille ab und wischte über die Gläser, womit er die Sache allerdings nur verschlimmerte.
Als sich der Staub langsam legte, sahen sie hinter dem Loch eine alte, massive Holztür, deren Beschläge an den Seiten braun waren vom Rost.
"The wood looks pretty **rotten**", sagte Goldwin. Er kletterte über die Steine der eingerissenen Wand und trat mit dem Fuß gegen die Tür, doch außer einigen Splittern, die aus dem Holz brachen, tat sich nichts weiter.



**rotten** morsch

Ben kam mit dem Spaten nach, und während Darren und Goldwin leuchteten, schlug er unermüdlich mit dem Spaten auf das Holz ein, bis die Tür auf einer Seite schließlich einen Spaltbreit nachgab. Dann stemmte er die Schaufelspitze in den Spalt und benutzte den Stiel als Hebel. Zu dritt drückten sie mit aller Kraft dagegen. Schief in den Angeln hängend, ging die Tür kreischend nach innen auf.
Einen Moment blieben sie sprachlos stehen.
"Wow!", hauchte Darren.
Die drei drängten sich zusammen in einen kleinen, niedrigen Raum. Vor ihnen standen zwei große Eichentruhen, deren gewölbte Deckel den Inhalt verbargen. Und um jede der Kisten lag dazu noch eine dicke Eisenkette mit Vorhängeschloss.
Ben fiel die Stelle in Gordon Rileys Tagebuch wieder ein: *No human hand should ever touch the gold again. Our lips are not all that are sealed ...*

Aber jetzt waren sie zu allem entschlossen. "To give up now and leave the mystery of these **chests** to someone else is **out of the question**", sagte Ben. Sie mussten diese Kisten öffnen, koste es, was es wolle, mindestens eine davon.

**chest** Kiste
**out of the question** indiskutabel
**resistant** widerstandsfähig
**iron chain** Eisenkette
**weak point** Schwachstelle
**rusted** verrostet
**to have a try** einen Versuch machen
**spade** Spaten
**preferably** am liebsten

"These locks seem to be even more **resistant** than the door", meinte Goldwin. "Do you think this **iron chain** could have a **weak point**? It's completely **rusted**."

"It's been a long time since the chests were sealed." Darren begann, die Eisenkette der ersten Truhe zu inspizieren.

"Let me **have a try** with the **spade** again", meinte Ben.

Es dauerte nicht so lange wie bei der Tür. Nach sieben oder acht kräftigen, gezielten Hieben auf die Stelle, die Darren ausgesucht hatte, war ein Glied der völlig verrosteten Kette gesprengt. Noch ein weiterer Schlag und das Eisen rasselte zu Boden.

"That wasn't too bad!", schnaufte Ben und starrte sekundenlang nur auf das alte Eichenholz. Er wagte es nicht, den Deckel zu öffnen. Darren und Goldwin warteten geduldig, offenbar wollten sie ihm den Vortritt lassen, aber darauf war er gar nicht so scharf.

"Who wants to open the chest?", fragte Goldwin.

"**Preferably** someone who doesn't believe in curses." Darren schaute Ben auffordernd an.

"I didn't say that I don't believe in curses", gab Ben zurück. "Aren't we Lorimer, Bergmann & Nellson, the famous detectives? Then let each of us lay a hand on the **lid**, and we'll open it together." Er gab Darren und Goldwin ein Zeichen.

Darren griff zuerst kurz nach Mrs Ellis' Kreuzanhänger, bevor er die Hand auf die Truhe legte.

Als sich der Deckel knarrend hob, hielten sie alle drei den Atem an.

"Gold … the wreckers' gold!"

Ehrfürchtig starrten die drei auf den riesigen Haufen alter Goldmünzen.

"**Congratulations!**"

Sie fuhren herum.



Hinter dem Loch in der Wand klatschte jemand Beifall, was ein schauriges Echo erzeugte. "The detective agency has found the treasure!"

Darren richtete seine Taschenlampe auf den Sprecher. Im Lichtkegel erschien Peter Galen.

"I couldn't **resist** the **urge** to follow Ariane's **golden thread**", sagte er.

Darren sah geknickt drein. "I just wanted to **make sure** that we find our way back", murmelte er.

"**Never mind**", beschwichtigte Ben leise. Und laut sagte er zu Galen: "The correct expression is *Ariadne's thread*, as any real historian would know."

"Call it whatever you like", erwiderte Galen gönnerhaft. "But for you, finding the way back doesn't **matter** anymore. You are staying here."

**lid** Deckel
**Congratulations!** Glückwunsch!
**to resist** widerstehen
**urge** Drang
**golden thread** roter Faden
**to make sure** dafür sorgen
**Never mind.** Mach dir nichts draus.
**to matter** von Bedeutung sein

# Gefangen

"What?" Goldwins Augen suchten hektisch nach einem Ausweg.
"You can't do that!", rief Darren.
"Oh yes I can." Galen griff hinter sich und zog aus dem Gürtel seiner Hose eine Pistole. Die Hand mit der Waffe deutete unmissverständlich auf die hintere Wand. "Sit down on the ground. Hurry!"
"The gold is **cursed**. Whoever touches it will die." Darren klang düster wie ein Prophet des Unheils.
Galen ignorierte die Drohung, hielt Goldwin eine dünne Schnur hin und forderte ihn auf, seine Freunde damit zu fesseln. "**Tie** him **up good and proper**, you understand?"
"You're a **raving lunatic**", schrie Goldwin ihn an.
"Within the next two hours the tide will be back. Mr Galen, please don't leave us here!" Ben erntete nur gleichgültiges Gemurmel. "My friend is ill", versuchte er es erneut. "He needs something to eat."
"You're a real **nuisance**." Galen hatte den Rucksack entdeckt. Ohne Rücksicht kippte er ihre Verpflegung auf den Boden und schaufelte stattdessen mit dem Klappspaten eine Ladung Goldmünzen hinein.
"What about the lights on the beach?", fragte Ben. "That was you, wasn't it?" Wahrscheinlich würde es nichts bringen, aber es schien ihm die einzige Möglichkeit, Galen in ein Gespräch zu verwickeln und ihn vielleicht

**cursed** verflucht
**to tie sb up** jdn fesseln
**good and proper** ordentlich
**raving lunatic** komplett Gestörte(r)
**nuisance** Nervensäge

doch noch umzustimmen. Aus verschiedenen Krimis wusste er, dass das eine wichtige Polizeitaktik bei Geiselnahmen war. Vielleicht funktionierte sie ja jetzt auch. Außerdem gab es in dieser Sache immer noch einige ungelöste Rätsel, die einer Antwort harrten, und Galen könnte sie kennen.

"You mean that Morse code nonsense? No, it wasn't me." Galen begann allmählich die Geduld zu verlieren. "Hurry up!", herrschte er Goldwin an, der sich mit der Schnur abmühte.

"A Morse signal?", hakte Ben nach, plötzlich ehrlich interessiert.

"That's what I said. Ships send out those light sig..." Er unterbrach sich. "What are you trying to do – **distract** me?"

Ben ging auf die Frage nicht ein. "You also saw the lights the other night, didn't you?", bohrte er nach.

"Don't **bother** me with this rubbish."

"Well, I think you're pretty **clueless**. You have**n't the faintest idea** what the Morse signals mean." Es war ein Köder und Ben hoffte, Galen würde danach schnappen.

"Hey, I would say those signals **were meant for** you fellows – *danger* – over and over again. And what good did it do you? You**'re in a** bit of a **tight spot** now, aren't you?"

*Gefahr*. Na klar. Das zu erkennen war nicht schwierig. Der Kerl hatte eine scharfe Waffe im Anschlag und schreckte vor nichts zurück, um den Schatz an sich zu

**to distract sb** jdn ablenken

**to bother sb** jdm auf die Nerven gehen

**clueless** ahnungslos

**not the faintest idea** nicht die leiseste Ahnung

**to be meant for sb** für jdn bestimmt sein

**to be in a tight spot** in der Klemme sitzen

bringen. Es *musste* ihnen etwas einfallen. Schnell. Bloß was?

"How will you **pull it off** all alone?", fragte Ben. "You can't carry the gold. The chests are far too heavy. We could help you. Apart from that, you're **armed** and we're not."

Einen Augenblick lang schien Galen tatsächlich zu überlegen ... dann war der Moment auch schon wieder vorbei.

"I don't need **accomplices**, and I don't plan to **share** the loot with anyone. A boat is waiting for me and the gold tonight. I don't need you. **Have a nice swim**."

"Robert Henry Galen cursed the wreckers. *Your greed will bring you not luck, but death.* An ancestor of yours, wasn't he? That's how you found out about the gold", versuchte Darren, Galen Angst zu machen. Aber es klappte nicht, der Mann war eiskalt.

"Your ghost stories don't **interest** me. I won't miss this golden **opportunity**", sagte Galen und blaffte erneut Goldwin an, er solle sich gefälligst beeilen. "After reading the diary, I was sure that you would try to find this cave. Oh, by the way, I'm surprised that you managed to decipher the handwriting. But of course the **ugly old bag** helped you with that."

"Mrs Ellis **saw right through** you from the very beginning!" Darren spuckte vor Galen aus.

**to pull it off** es schaffen
**armed** bewaffnet
**accomplice** Komplize, Komplizin
**to share** teilen
**Have a nice swim.** Viel Spaß beim Baden.
**to interest** interessieren
**opportunity** Gelegenheit
**ugly** hässlich
**old bag** alte Schachtel
**to see right through sb** jdn durchschauen

"Does that make you feel better now? I guess not." Galen nahm Goldwin die Schnur aus der Hand, befahl ihm, sich zu den beiden anderen zu stellen, und band ihm die Hände auf dem Rücken zusammen.

"Well, **I'm off then**", verkündete Galen. "Your **claptrap** is giving me a headache." Er verknotete die Enden der Schnüre miteinander, sodass die Freunde möglichst eng zusammen saßen; Goldwin links seitlich neben Ben und Darren am rechten Ende. Zum Schluss band er ihnen noch die Füße zusammen und befestigte die Schnur an der Kette der noch verschlossenen Kiste. Dann wuchtete er sich den schweren Rucksack auf den Rücken.



"Here's some light for you." Er lachte schallend und rollte eine der Taschenlampen zu ihnen hinüber, bevor er mit der goldenen Last über die Steine und durch das Loch in der Wand stieg und verschwand.

"Very kind of you, you **son of a bitch**!", schrie Goldwin ihm nach. Er hatte Tränen in den Augen. Ben musste lachen, obwohl die Situation alles andere als komisch war.

"I was just thinking **aloud**", knurrte Goldwin.

"Mrs Ellis was right, the cross couldn't protect me from bad humans." Darren lehnte seinen Kopf an Bens Schulter. "I should have eaten something."

**I'm off then.** Ich bin dann mal weg.
**claptrap** Geschwafel
**son of a bitch** Mistkerl
**aloud** laut

"Be quiet, let me think", sagte Ben. Er musste sich konzentrieren und eine Lösung finden. Sie mussten versuchen, sich zu befreien, irgendwie mussten sie es nach draußen schaffen, bevor die Flut kam.

# Der Fluch des Goldes

Er lauschte auf Darrens Atem. Verdammter Peter Galen. Er hätte ihnen wenigstens die Brote und ihre Getränke geben können. Ben zuckte zusammen, als der Alarm seiner Armbanduhr losging.

**to remind sb of sth** jdn an etw erinnern
**to drown** ertrinken
**to die of thirst** verdursten
**to hang on in there** durchhalten
**to run out** knapp werden

"What is that supposed **to remind** us **of**?", erkundigte sich Goldwin.
"The tide. It will be here soon." Ben hatte den Alarm eingestellt, um rechtzeitig gewarnt zu werden.
"So we're going to **drown**?", fragte Darren matt. "Great, I'**m dying of thirst**."
"Ben, what's wrong with him?", fragte Goldwin. Die Sorge darin ließ seine Stimme blechern klingen.
"We've been here far too long already. He should have had something to eat by now."
Ben versuchte, die Nerven zu behalten, aber das war gerade nicht so einfach. Wenn sie es nicht schafften, vor dem Ansteigen der Flut aus der Höhle zu kommen, dann konnte es eng werden. Nicht nur, weil Darren sein Insulin brauchte.
"Darren", sagte Ben. Darrens Kopf lehnte an seiner Schulter.
"Ermm", kam es viel zu leise zurück. "It's hot in here, and somehow cold at the same time."
"We'll be out of here soon", versprach Ben, obwohl er keine Idee hatte, wie sie das anstellen sollten. "For sure. But you must **hang on in there**! You understand?"
"Time **is running out**, right? What happens if he loses

**consciousness**?" Das war Goldwins absoluter Albtraum und auch Ben wollte darüber gar nicht nachdenken.

"Don't say it, I don't want to hear it!"

Goldwin wusste es auch so. "Listen, that's … water!" Goldwin zerrte an den Fesseln, doch sie schnitten ihm nur noch enger ins Fleisch.

"Perhaps the water won't reach this far." Ben hoffte es jedenfalls.

"Maybe, but we**'re trapped** here anyway", meinte Goldwin. "We're stuck."

Ben riss sich zusammen, um nicht in Panik auszubrechen. Er musste nachdenken. Es musste eine Möglichkeit geben. Es musste!

"Let's **approach** the matter with **logic**", schlug Goldwin vor, doch Ben konnte das Beben in seiner Stimme deutlich hören. "You saw Gordon Riley's map. Can't you remember anything that would help us out of here? Even if it's just a tiny detail?"

Ben schüttelte den Kopf. "I wish I could!" Er legte den Kopf nach hinten, starrte an die Felsendecke und versuchte sich zu konzentrieren, um einen Ausweg aus ihrer Misere zu finden. Er erinnerte sich an das Gespräch zwischen Mrs Palmer und Mr Riley, das er belauscht hatte.

"Mr Riley said something about secret passages. If there is one here there must be some **access** to it. The **connection** to the sea must have been useful to the people who lived here, and I'm sure not all of them

**consciousness** Bewusstsein
**to be trapped** in der Falle sitzen
**to approach sth** etw angehen
**logic** Logik
**access** Zugang
**connection** Verbindung

were evil." Ben konnte nicht glauben, dass sämtliche Küstenbewohner Strandpiraten waren. Aber die normale Bevölkerung musste Bescheid gewusst haben. So blind, dass sie die Leuchtfeuer in den Sturmnächten nicht bemerkten, konnten sie kaum gewesen sein.

"This damn story is repeating itself, right?" Goldwin schnüffelte, und auch wenn Ben es nicht sehen konnte, wusste er, dass der Freund weinte.

"What are you talking about?", fragte er, obwohl er ihn durchaus verstanden hatte. "It's a different story. Times and people have changed, so nothing can repeat itself", versuchte er Goldwin zu beruhigen.

"Sure, today it's Mr Riley and Mr Galen. 150 years ago it was their ancestors. But now as then it's about a gold treasure and ... about death", gab Goldwin zurück.

**to drive oneself crazy** sich verrückt machen

"Forget it! We mustn't **drive** ourselves **crazy**, the situation's already bad enough", sagte Ben.

Darren verhielt sich derweil vollkommen still. Kein Kommentar, keine Nörgeleien, keine Vampirgeschichten, nichts. Ben war über Darrens Zustand beunruhigt, aber er konnte nichts dagegen tun, außer: eine Möglichkeit finden, möglichst schnell hier rauszukommen. Alles andere würde niemandem helfen. Er starrte auf das Loch in der Wand und zermarterte sich das Hirn.

Wa... was war das denn? Ben schüttelte sich, um das eigenartige Bild zu verscheuchen. Er kniff die Augen zusammen, öffnete sie erneut. Aber der Film verschwand nicht.

"Goldwin, look! Maybe **I'm hallucinating**." Ben starrte auf das Loch in der Wand. Da sprang ein Hund über die Steine und kam auf sie zu.
"I can see him as well, but – Ben … he's **transparent**!"
Als Nächstes erschien hinter dem kleinen Hund eine Gestalt in einem langen Mantel und schweren Stiefeln und mit einem Zweispitz auf dem Kopf: der Kapitän der Sea Falcon! Ben konnte sogar das Einschussloch auf seiner Brust erkennen.
Timothy William Bonaventure gab seinem Begleiter ein Zeichen. Der Hund bleckte die Zähne.

**to hallucinate** halluzinieren
**transparent** durchsichtig
**bloody** verflucht



"Oh no, Sir – we didn't touch your gold", flehte Goldwin und begann aufgeregt zu zappeln.
"I wish we'd never found it", fügte Ben wahrheitsgemäß hinzu. Er schloss zitternd die Augen, als er den Atem des Hundes auf der Haut spürte. So hatte er sich ihr Abenteuer gewiss nicht vorgestellt. Jeden Augenblick würden die Zähne des Hundes in sein Fleisch dringen. Ben hörte seinen eigenen, angstvoll keuchenden Atem und den der Freunde. Dann ein Schrei, der Bens Herz beinahe zum Stillstand brachte: "**BLOODY** GOLD!"
In der Höhle vervielfältigten sich die Laute und hallten schaurig von den Wänden wider.
Ben öffnete die Augen. Timothy William Bonaventure stand über dem aufgeklappten Deckel der Truhe und spuckte angewidert auf die Goldmünzen. Der kleine Hund hatte sich zurückgezogen und wachte zu Bens Füßen, jede seiner Regungen im Blick.
Mit einem Mal fuhr der Kapitän zu ihnen herum, seine

Augen glühten. "You will **keep** your **promise**!" Sein ausgestreckter Finger deutete auf Ben, als wollte der Mann ihn damit aufspießen. Ben hatte das Gefühl, der Finger stieße ihm direkt in die Seele. Er nickte.

**to keep one's promise** sein Versprechen halten

"If we get out of here alive, we'll make the truth known about what happened that night."

Timothy William Bonaventure kam langsam näher. Er bückte sich und seine Hand glitt in den Schaft des Stiefels. Plötzlich sah Ben das Messer in seiner Hand. Im ersten Augenblick wollte er die Hände hochreißen. Es ging nicht, sie waren völlig hilflos.

Goldwin musste den blitzenden Stahl aus den Augenwinkeln bemerkt haben, er murmelte etwas, was Ben jedoch nicht verstand. Betete er?

Nur Darren zuckte nicht einmal.

Der Captain drehte blitzschnell das Messer ... Ben schloss die Augen, er wollte es nicht sehen, er würde es ohnehin gleich spüren. Er wartete auf den Schmerz ... wartete ... warum fühlte er nichts. War er schon tot? Tatsächlich überkam ihn mit einem Mal eine seltsame Leichtigkeit. Konnte sich der Tod leicht anfühlen?

Goldwin stieß einen fürchterlichen Schrei aus, dem ein gurgelndes Geräusch folgte, als würde Blut in seinen Mund dringen. Er bewegte sich, Ben spürte es an den Stricken. Er öffnete die Augen. Da war Blut, ein bisschen. An seinen Handgelenken. Die Stricke lagen locker vor ihm auf dem Boden.

Der Captain hatte das bedrohliche Messer wieder im Stiefelschaft verschwinden lassen. Er fixierte Ben ein

letztes Mal und senkte langsam den Kopf. Dann verblasste Timothy William Bonaventure vor ihren Augen.
Ben löste die Stricke von ihren Füßen.
"I really thought he was going to stab us to death." Goldwin lachte zaghaft. "Guys, this is crazy. Our second encounter with a real ghost. And when I find that fellow, Galen, he'd better run, and fast!" Goldwin rieb sich die aufgescheuerten Gelenke.
Ben sank erschöpft gegen die Mauer – und Darren mit ihm. "Darren! … Goldwin, he**'s** not **reacting**. My God!" Goldwin packte eines der Brote aus, seine Hände zitterten. "Come on, Darren!" Er wedelte damit vor Darrens Nase herum. Nichts passierte. "Go on, tell us about your vampire, whatever, just say something!" Er bekam keine Antwort, Darren war wie weggetreten. Wenn er nicht bald seine Insulinspritze bekam, würde er ohnmächtig werden. Und dann …



"Denk nach, denk nach!", verlangte Ben von sich.

**to react**
reagieren

Sie konnten den Weg, den der Ariadnefaden markierte, nicht zurückgehen. Dieser Zugang vom Meer her war unpassierbar geworden. Das Gurgeln hatte aufgehört, was nur bedeuten konnte, dass der Pegel unaufhaltsam anstieg. Und indem sie die Mauer eingerissen hatten, hatten sie den Weg auch für das Wasser frei gemacht. Es gab keine Barriere mehr, die es aufhalten konnte.
Ben lehnte Darrens Kopf vorsichtig an die Mauer und kam etwas ungelenk auf die Beine. Es fühlte sich an, als wären tausende von Ameisen in seine Socken gekrabbelt.

"There must be a **connecting passage**", sagte Goldwin verzweifelt. "The smugglers who **infested** this area, they needed secret passages for their business." Er hämmerte mit den Fäusten gegen die Wand.

Ben ließ sich auf die Knie sinken und besah sich die Holztüre genauer, die er mit dem Spaten bearbeitet hatte.

Goldwin starrte ihn ungläubig an. "**What's the point of that?**

Ben erklärte, "I noticed something earlier. The door's **hinges** are not on the outside as they usually are, but on the inside. That's why the door opens **inwards**. At first I was just a bit **irritated** by that."

"Ben, you**'re** really **confusing** me. Please explain it in **plain language**!"

"There *is* a way out of this place, for sure. Let's have a look at the **back wall**", sagte Ben. Es war eigentlich ganz simpel. Zumindest der Gedanke war es. Die Strandräuber hatten über viele Jahre die Höhle als Versteck genutzt. Erst das Gold hatte alles verändert. Sie wollten verhindern, dass die Truhen gefunden wurden, also versiegelten sie diesen Raum. Und die Tür war damals von innen verschlossen worden.

"Are you sure about that?", fragte Goldwin zweifelnd.

"I have no doubt", sagte Ben und ein kleines Lächeln spielte um seine Mundwinkel.

"Did you hear that, Darren? He has no doubt." Goldwin ließ seine Handflächen über den Stein wandern. "The

**connecting passage** Verbindungsgang
**to infest** heimsuchen
**What's the point of that?** Was soll das?
**hinge** Scharnier
**inwards** nach innen
**irritated** irritiert
**to confuse** verwirren
**plain language** Klartext
**back wall** Rückwand

small dog … I watched it, earlier – **from sheer fear** – it scratched here a few times. There must be something behind here."

Das Kratzen konnte tatsächlich ein Hinweis sein. Ben und Goldwin stemmten sich gemeinsam gegen den Fels, es war ihre letzte Chance. Ben drückte mit aller Kraft, die er noch aufbringen konnte. Goldwin ächzte. Und die Wand … bewegte sich. Erst gab es ein Schaben und Kratzen, dann drehte sich ein Stück der Wand nach hinten, ein schmaler Spalt wurde sichtbar.

"Wow!"

Sie drückten und schoben den Stein, bis die Lücke groß genug war. Dann hievten sie Darren vom Boden hoch und nahmen ihn zwischen sich.



"Come on, Darren. We'll be out of here in a moment!" Ben war überzeugt, dass es diesmal die Wahrheit war.

"He's as heavy as a sack of potatoes. Please, God – don't let it be too late." Goldwin strubbelte Darren durchs Haar.

Der Gang war bestimmt schon sehr lange nicht mehr benutzt worden, doch wer auch immer ihn einst gegraben hatte, hatte ganze Arbeit geleistet. Es ging stetig leicht bergauf, und als der Gang plötzlich endete, glaubte Ben mit einem Mal zu wissen, wo sie sich befanden. "I bet we're in one of the cellars of Villebroke House."

"That's not possible. You guys **turned** the place **upside down** and found nothing", widersprach Goldwin.

"Sure, but we didn't search the floor. There's a **hatch**!" Ben stieß einen Freudenschrei aus.

**from sheer fear** vor lauter Angst
**to turn upside down** das Oberste zuunterst kehren
**hatch** Luke

# Unheimliches Finale

Ben tippte eine Zahlenfolge in sein Handy, dann drückte er auf *Löschen* und versuchte es erneut. Er war so nervös, dass er es nicht einmal fertigbrachte, den Notruf zu wählen.

Ben, Darren und Goldwin saßen in der Hotelhalle, die Tür zum Keller stand sperrangelweit offen und die drei sahen aus, als hätten sie die letzten Stunden in einem Steinbruch geschuftet.

"The treasure hunters are back", freute sich Mrs Ellis, die gerade aus dem Wintergarten kam. Dann fiel ihr Blick auf Darren. Sie schluckte und Ben hatte schon Sorge, gleich zwei Patienten betreuen zu müssen.

**for heaven's sake** um Himmels willen
**condition** Zustand

"**For heaven's sake**, what happened?"

Ben schien es, als hätte er nicht einmal mehr genug Spucke, um eine Antwort zu formulieren. Er öffnete den Mund, aber es kam nichts heraus.

Goldwin übernahm das Reden. "Would you please call the police, Mrs Ellis? Mr Galen is a monster. Darren is in this **condition** because of him." Er hatte die ganze Zeit über Darrens Hand nicht losgelassen und sein Gesichtsausdruck zeigte eine Mischung aus Wut und Angst.

"The police are already on the way", beruhigte sie Mrs Ellis. "This morning, I called my nephew at the Metropolitan Police. Mr Galen is no stranger to Scotland Yard. A historian indeed! I was looking forward to telling you about that", sagte sie. "But now I'm not so happy about it."

Mrs Palmer lief ihnen entgegen, als sie Darren bewegungslos am Boden sitzen sah. Und sogar Mr Riley rannte herbei und kniete sich neben Darren. "Don't be **foolish**, okay? Our hotel has an excellent reputation."

Ben wusste, dass der alte Mann das nicht ernst meinte, es war nur seine Art, mit der Situation umzugehen und seine Besorgnis, die man ihm deutlich ansah, herunterzuspielen.

**foolish** albern
**to pass sth up** auf etw verzichten

Mit vereinten Kräften legten sie Darren auf eine Couch im Frühstücksraum. Er hatte großes Glück, dass der Notarzt direkt aus Newquay kam und keine lange Strecke zurücklegen musste.



Der Arzt untersuchte Darren und sprach von einem Schock. "Your friend needs an infusion. He'll be fine again in no time. But that was a close shave." Das sagte er in einem Ton, als wären Ben und Goldwin daran schuld.

Vielleicht stimmte das ja, dachte Ben mit schlechtem Gewissen, schließlich war er derjenige gewesen, der das Picknick verschieben wollte, bis sie wussten, was sich hinter der Holztüre und in den Truhen verbarg. So etwas durfte nie wieder vorkommen, schwor er sich.

Es schien eine Ewigkeit zu dauern, bis Darren sich endlich bewegte und in seine Wangen allmählich wieder etwas Farbe zurückkehrte. Er murmelte etwas von einem Versprechen.

Ben atmete erleichtert aus. "That's the whole point. You're not going to **pass** that **up**, are you?", erinnerte er Darren.

Mrs Ellis hatte sich einen Stuhl herangezogen, genau wie Mrs Palmer und Mr Riley. Sie wollten natürlich erfahren, was geschehen war.

Ben und Goldwin setzten sich auf den Teppichboden und erzählten abwechselnd.

**to prevail against sth** sich gegen etw durchsetzen
**burglar** Einbrecher(in)
**forger** Fälscher(in)
**prison** Gefängnis
**to ring a bell** einem bekannt vorkommen
**robbery** Raubüberfall
**daft** blöd

"Light always **prevails** against darkness in the end", sagte Mrs Ellis, als sie geendet hatten.

"Yes, good to know, isn't it?", pflichtete ihr Ben bei. "What do you mean when you say that Mr Galen is not unknown to the police, Mrs Ellis? What crime did he commit?"

"He is a **burglar** and **forger**. He was in **prison** for many years. Actually, he only got out a few months ago."

Damit war Ben auch klar, wie der Kerl an eine Schusswaffe kam.

"Galen mustn't get away!", sagte Goldwin und imitierte einen Würgegriff, den er zu gern an diesem angeblichen Historiker ausprobiert hätte.

"Not to worry", beruhigte Mr Riley. "Mrs Ellis' nephew and his team will take care of him. And now I know why his face **rings a bell**. I remember seeing his picture next to a newspaper article about a **robbery**."

Goldwin war besorgt, Galen könnte sich rausreden. "How can we prove that he was in the cave? Unless he's **daft** enough to leave your rucksack in his room. Under his bed, maybe?"

Mit drei Mann und einer Frau rückte die Metropolitan Police an, eine diskrete Zivilstreife ohne Blaulicht und

Sirenengeheul, aber alle bewaffnet. Sie nahmen den Mann von Zimmer 14 fest, als dieser sich gerade aus dem Staub machen wollte. Offenbar hatte er den Einsatz des Notarztes mitbekommen und wusste, dass nun Eile geboten war. Bens Rucksack mit den Goldmünzen hatte er bei sich.

Ben stand am Treppenabsatz und lauschte, wie zwei der Polizisten zuerst höflich an die Tür klopften, während die beiden anderen rechts und links davon den Flur mit gezogener Waffe sicherten.

Als niemand antwortete, öffneten sie das Zimmer mit dem Generalschlüssel und stürmten den Raum.

**honest** ehrlich



Danach allerdings machte Mrs Ellis' Neffe Ben darauf aufmerksam, dass es sich hier um einen Polizeieinsatz handelte und er unnötig im Weg rumstand. Doch das war egal, denn was weiter passierte, bekamen so ziemlich alle im Hotel mit. Ben konnte sich ein befriedigtes Grinsen nicht verkneifen. Man hörte den unangenehmen Gast bis in den letzten Winkel des Hauses krakeelen und fluchen.

"What's happening?", wollte Darren wissen, als er zu sich kam. Er blinzelte einige Male, hob den Kopf und sah sich um. "We made it. I haven't dreamt it, right? Hello, Mrs Ellis. Oh, and Mrs Palmer, too, and Mr Riley. Why are all of you looking so serious?"

"You really frightened us", gab Mrs Ellis zurück.

"To be **honest**, I would have preferred to dream it", erwiderte Ben. "The police are in the hotel and they nabbed Mr Galen a moment ago."

"**Serves him right!**", ereiferte sich Goldwin. "He nearly killed you."
"A crucifix can't do much against human evil, but thank you anyway", sagte Darren. "It might work better against ghosts, Mrs Ellis. Whatever next?"
"We did promise to leave no-one behind." Ben legte eine Hand aufs Herz.
"Yes, the honourable Ben. That was cool." Darren brachte ein heiseres Lachen zustande.

Es war bereits zu dunkel, um die Taucher zur Sea Falcon hinabzuschicken, aber noch hell genug, um auf dem Friedhof die Gräber zu öffnen, die Mr Riley den Beamten gezeigt hatte. 
Gespenstische Stille begleitete die Geräusche der Spatenstiche, und als das Licht der Laternen in die düsteren Gräber fiel, war Ben so, als hätte er ein erleichtertes Seufzen wahrgenommen.

**Serves him right!** Geschieht ihm recht!
**mortal remains** sterbliche Überreste

Gleich am nächsten Vormittag machten sich die Polizeitaucher bereit, auch die sterblichen Überreste des Captains zu bergen.
Mrs Ellis' Neffe stand am Strand, zusammen mit Mrs Palmer und Mr Riley. Der Detective schaute skeptisch drein, als wäre er nicht so sicher, was das Ganze sollte.
"He doesn't like water too much", verriet Mrs Ellis Darren, der es sich trotz seines Unbehagens nicht nehmen ließ, Zeuge einer Leichenbergung zu werden. "*Dead body* doesn't sound right, does it? I prefer ***mortal remains***." Darren hielt Abstand und vergrößerte

diesen sogar noch, als einer der Taucher mit erhobenem Daumen signalisierte, dass sie etwas gefunden hatten.
"There should be two skeletons", sagte Ben. Er glaubte es jedenfalls, denn schließlich hatten sie den Captain jedes Mal in Begleitung des kleinen Hundes gesehen.
"Please tell the diver that they should **bring up** the dog as well."
"A dog?", fragte Mrs Ellis' Neffe überrascht. "Well, alright."
Auf einer Plane am Strand wurden schließlich die Knochen ausgelegt, die eines erwachsenen Mannes und die eines kleinen Hundes.
"All he wanted was for me to find the gold and give his crew a **decent burial**. And all these years I thought he wanted me dead." Mr Riley kniete vor den hellen Knochen nieder und berührte den Rippenbogen, unter dem einmal Timothy William Bonaventures Herz geschlagen hatte.

**to bring up** herausholen
**decent** anständig
**burial** Beerdigung
**to pull the trigger** abdrücken



Auch Ben trat näher. An einer Stelle konnte er eine Absplitterung erkennen. Der Mann in der Höhle hatte ein Einschussloch in der Brust gehabt. Er ging neben Mr Riley in die Knie. "The diary doesn't mention who shot Timothy William Bonaventure."
Mr Riley wandte sich zu Ben um und sah ihm direkt in die Augen. "Oh yes it does, just not in plain language. *I **pulled the trigger** and death's noise was carried with the wind*", zitierte er aus dem Gedächtnis eine kurze Passage aus dem Tagebuch.

"I don't remember those words", sagte Ben. Dabei war er sicher, dass er eine solche Formulierung nicht vergessen hätte. "No, I'm sure that's not in the diary."
"The truth is much scarier. Do you really want to get to the bottom of this?" Mr Riley ließ sich in den Sand fallen.
Ben wollte es hören, hatte allerdings den starken Verdacht, dass Mr Riley nicht bereit war, wirklich die ganze Wahrheit preiszugeben. Er beschloss, selbst den Anfang zu machen.
"There is only one explanation. But it's not **logical**", begann er vorsichtig. "However … you're not a ghost, not like the captain is." Ben hielt inne und wartete auf eine Reaktion, doch Mr Riley neigte nur den Kopf, anscheinend in Erwartung dessen, was da noch kommen würde. "But right now and back then, it's always been – you", fuhr Ben fort. There's no difference between Gordon and Colin Riley. It's your **punishment**, isn't it? The thing you feared most – time makes no difference to you." Davon las man höchstens mal in Büchern. Das war nicht die Wirklichkeit. Hier war sie es. "You shot the captain. You recognized him by his **clothing**. And the little dog, did he drown?", wollte Ben wissen.
"Nobody drowned that night", erwiderte Mr Riley. "The captain's dog ran at us and bit my hand as I was about to **lift** him **up**. Out of **anger** I **struck** him **a** heavy **blow** with my **pistol**. See this." Mr Riley zeigte Ben die blasse Narbe, die sich zwischen Daumen und Zeigefinger

**logical** logisch
**punishment** Strafe
**clothing** Kleidung
**to lift sb up** jdn hochheben
**anger** Wut
**to strike a blow** einen Schlag versetzen
**pistol** Pistole

über den Handrücken zog. "**I'm** not **proud of** what I did. And if I **were in** the captain's **shoes** I would**'ve pursued** the one who did it with all my **hatred**. Hard to believe he had mercy on a **coldblooded** murderer."

Es war Mr Riley anzumerken, dass er froh darüber war, es aber trotzdem nicht verstehen konnte. Warum hatte ihn Timothy William Bonaventure verschont?

Vielleicht könnten die beiden Männer eines schönen Tages darüber sprechen ... irgendwo zwischen den Zeiten.

"It's over. You need never fear anyone ever again", sagte Ben zu Mr Riley. "Your journey is at an end, as is the journey of the Sea Falcon's crew. No wonder you recognized Peter Galen. He probably looks a lot like his ancestor."

"Yes", bestätigte der alte Mann. "But I only noticed that later on. And what about you young fellows? Did my handwriting **give** me **away** in the end?"

"It was pretty awful, Mr Riley", bestätigte Ben. "Without Mrs Ellis' help and **guidance**, we'd never have been able to read it. But why did you need us at all?", wollte er wissen. "Why hire a detective agency? You could simply have told everything to Mrs Palmer. You knew everything from the start."

"Nothing is as it seems", sagte Mr Riley.

"I heard that a few days ago", gab Ben zurück.

"I couldn't do it alone. I needed help from outside. When I read of how **successful** you'd been at Caedmon

**to be proud of sth** auf etw stolz sein
**to be in sb's shoes** an jds Stelle sein
**to pursue sb** jdn verfolgen
**hatred** Hass
**coldblooded** kaltblütig
**to give sb away** jdn verraten
**guidance** Beratung
**successful** erfolgreich

Castle, I knew you were the right people for the job", vertraute Mr Riley Ben an.
"And when you first saw us, you changed your mind", sagte Ben. Er musste an ihre erste Begegnung und an die rasante Autofahrt denken.
"Well, at first", gab Mr Riley zu. "But I became **gradually** more **impressed**." Er lachte.
"One last question about the gold coins." Ben glaubte, das Rätsel endlich gelöst zu haben.
"Ah", machte Mr Riley. "I was wondering if you'd find out."
"First I was convinced the captain had left them there, but now I think it was you. You took the coins, **thus fulfilling** the curse." Meist sieht man das, was man sehen will, dachte Ben. Und ein Geist musste nicht automatisch durchscheinend sein.
"It was just a few, but that **sealed** my **fate**." Eine Pause entstand, nicht unangenehm, nur nachdenklich. Dann sagte Mr Riley: "Darren felt certain that the crucifix would protect him against ghosts. You might let him **carry on** believing that."
Ben nickte. "A detective agency **is sworn to secrecy**", sagte er, falls Mr Riley das nicht wusste. "I'll leave you alone ..." Ben legte kurz seine Hand auf die Schulter des alten Mannes und ging über den Strand zu den anderen hinüber.

**gradually** nach und nach
**impressed** beeindruckt
**thus** so
**to fulfill** erfüllen
**to seal one's fate** jds Schicksal besiegeln
**to carry on doing sth** etw weiterhin tun
**to be sworn to secrecy** der Schweigepflicht unterliegen

Die Polizei war noch eine ganze Zeitlang damit beschäftigt, die Kisten mit den Goldmünzen aus der Höhle zu tragen und auf ein Boot zu laden. Als am Abend schließlich alle im Wintergarten zusammensaßen, erfuhren Ben, Darren und Goldwin, dass sie von der englischen Regierung einen Finderlohn für die Wiederbeschaffung des Schatzes bekommen würden, sobald feststand, wie viel die geborgene Schiffsladung wert war. Goldwin und Darren strahlten und Mrs Ellis' Neffe meinte: "That's good to hear. But what's more: the families of the wreckers' victims are very, very grateful. You may well **be inundated with** thank-you letters."



Das klang wirklich nicht übel, fand Ben the Pen und überlegte, womit er seinen Artikel für die Schülerzeitung beginnen sollte.

"Please do come and visit Villebroke House again next year", bot Mrs Palmer an. "You'll be treated as **guests of honour**, and hopefully we won't have any problems with ghosts."

Ben und Mr Riley sahen sich an ... aber keiner von ihnen sagte ein Wort.

Für die Rückfahrt nahm die Detektei Lorimer, Bergmann & Nellson den Zug. Als Mrs Palmer vorgeschlagen hatte, dass Mr Riley sie zurückfahren könnte, beeilten sich Goldwin und Darren sofort, ihr zu versichern, dass das wirklich nicht nötig sei. Die beiden brachten es sogar ernsthaft fertig, dazu auch noch höflich zu lächeln.

"It serves you right", sagte Ben. "We have to **lug** all the stuff by ourselves this time."

**to be inundated with sth** mit etw überschwemmt werden
**guest of honour** Ehrengast
**to lug** schleppen

Mrs Ellis hatte die Freunde zum Bahnhof begleitet. Sie würde noch eine Woche in Villebroke House bleiben, wie sie zufrieden verkündete. Jetzt, wo das Gold gefunden und alle Toten geborgen waren. "And now that the horrible Peter Galen is gone." Sie zwinkerte ihnen zu.

**disguisting** widerlich
**adequate** ausreichend
**supply** Vorrat

"I almost forgot … your neck chain", fiel Darren ein. Er nahm das Kreuz ab, um es Mrs Ellis zurückzugeben.
Aber die ältere Dame schüttelte den Kopf. "Please keep it."
"Under the sign of the cross", sagte Darren und grinste schräg.
"How true", bestätigte Mrs Ellis und umarmte sie alle zum Abschied.

Der Zug ratterte über die Gleise und ließ Newquay und Cornwall hinter sich. Ben, Darren und Goldwin sanken in ihre Sitze und eine ganze Weile sagte niemand etwas, bis Darren seinen Rucksack öffnete. Ben und Goldwin schielten zu ihm hinüber.
"What's in there?", fragte Goldwin sofort und schnupperte. "You said that you had no more garlic left. Open the window immediately. That's **disgusting**!"
"I needed an **adequate supply**." Darren war immer noch überzeugt von seiner stinkenden Wunderwaffe.
"No you didn't", versicherte ihm Ben, griff in den Rucksack und schnappte sich die Knoblauchzehen. Sie landeten allesamt in der freien Natur und Ben hatte deshalb nicht einmal ein schlechtes Gewissen. "Okay, that's done."

"Oh, damn!", schimpfte Darren und zog ein beleidigtes Gesicht.
"Just one more thing", begann Ben. "About Mr Riley ... we had a conversation down on the beach, when he said goodbye to the captain."
"I also found it a bit strange. He behaves as if they had known each other", fiel Goldwin auf.
"That's right, because he was the one who shot Timothy William Bonaventure." Es klang sogar in Bens Ohren total schräg.
"What?!", rief Darren.
"**You must be joking!** That was 150 years ago", grunzte Goldwin ungläubig.
"Now that's enough about ghosts."
"Can a curse cause that?", fragte Darren.
"**Eternal** life?"
"Our vampire hunter", unkte Goldwin.
"At least the curse did one thing", erklärte Ben. "Mr Riley was under a spell until all the others returned home; the captain with his dog, and the crew of the Sea Falcon."
"So what do you think he is?", wollte Goldwin wissen.
"Not a ghost, otherwise Darren would have dealt with him." Er hielt sich den Kopf, als hätte er einen Schlag abbekommen.
"Ha, ha", machte Darren.
"**Basically**, he's just very, very, old. Somehow he got trapped in time", sagte Ben und lehnte sich entspannt zurück.

**You must be joking!** Das ist nicht dein Ernst!

**eternal** ewig

**basically** im Grunde genommen